**ALBATOR
OU
L'ODYSSEE...**

ALBATOR
OU
L'ODYSSEE...

Marie SOUTON

©2021, Marie Souton.
Edition : BoD – Books on Demand
12/14 rond-point des Champs-Elysées, 75008 Paris
Impression : BoD – Books on Demand, Norderstedt, Allemagne
Loi n°49-956 du 16-07-1949
sur les publications destinées à la jeunesse
modifiée par la loi n°2011-525 du 17-05-2011
ISBN : 9782322399611
Dépot légal : Novembre 2021

Photo de couverture : Marie SOUTON

A Albator,

Pour cette vie qu'il a partagée avec nous,
cette richesse qu'il nous a apportée.
Je lui serai éternellement reconnaissante
de m'avoir inspirée à ce point
et de m'avoir donnée la force de me lancer dans l'écriture.
Car là où les humains ont échoué à me motiver,
lui m'a portée dans cette aventure.
Certains trouveront cette dédicace ridicule
mais Albator mérite tout mon respect
au même titre que n'importe quel être humain.
A lui et à tous les animaux
qui souffrent dans ce monde.
Aux Hommes
que j'espère plus humains et empathiques
et que je souhaite toucher par mes mots.

« Lire, c'est être, savoir, s'informer mais aussi le premier acte militant. »
Marie SOUTON.

I

Je m'appelle Albator. J'aime ce nom.
Je n'avais pas de nom avant ou sinon, si commun.
J'aimais ce nom parce qu'il collait vraiment à mon histoire, qu'il voulait dire quelque chose. En quelque sorte, il me donnait une légitimité.
La première fois que j'avais entendu le nom de ce corsaire borgne, j'étais sur la table du grand vétérinaire.
Appelé ainsi, je faisais honneur à la vie. Et puis, ça me plaisait d'avoir le nom d'un humain. Mes congénères ne diront pas le contraire.
A bas, les "panpan", les "pompom", "cacahuète" ou autre "pistache" !!!
J'avais découvert cet humain dans une boîte à images alors même que ma grande maîtresse se passionnait pour ses aventures. J'avais été honoré de constater que c'était un

personnage fier, valeureux, cape et cheveux au vent.

Je n'avais pas du tout le même physique mais, il me manquait, tout de même, presqu'un œil et je pouvais dire maintenant que j'avais eu la vie dure.

Alors, je méritais bien de m'appeler Albator. Mais çà, c'était bien après dans le temps.

Au tout début, lorsque je n'avais pas de nom, je vivais, dans une cage, au fond d'une cour, avec toujours la même vue : un mur, un tronc d'arbre et un morceau de ciel.

Je n'avais pas connaissance de grand chose puisqu'on ne me parlait pas et qu'on ne me sortait pas. J'avais tout au plus, l'envie de vivre.

Pendant un temps indéterminé, j'étais resté là, prostré, seul. Je voyais les jours et les nuits passer. J'avais eu froid, chaud, faim, soif.

Mais mon univers n'était pas si hostile : on me nourrissait, malgré tout. Et puis, mon instinct de conservation était tenace. Alors, j'avais survécu. N'ayant pas connu autre chose, je n'avais pas conscience de ma condition, en ce temps-là.

Mais, aujourd'hui, je pouvais le dire : quelle vie misérable j'avais eue...

II

Je m'appelle Albator. Le ciel était bleu nuit, au-dessus de ma tête... tout étoilé...
Et j'allais quitter ce monde. J'avais eu une belle vie. Inespérée pour moi.
 Au fond de ma cour, je n'avais aucune idée de ce qu'était le monde des humains. L'unique représentation que j'en avais, se trouvait dans une main qui me donnait du pain rassis, de l'eau et du foin. Et dans cette musique que j'entendais régulièrement. Je ne comprenais pas les mots mais je sentais la tristesse dans la voix de l'homme qui la chantait. Parfois, je me disais que j'aurais bien aimé comprendre les paroles de cette chanson car elle faisait vibrer mon coeur. ("Many rivers to cross" Jimmy Cliff 1969)
J'avais découvert le monde des humains, par la suite.
Malheureusement, pour moi, faisant partie du règne animal, c'était la loterie: les humains étaient capables du meilleur comme du pire.
Il y en avait des très grands, des petits, des moyens. Les petits étaient ceux que je craignais le plus. Ils n'avaient aucune conscience de leur force, de leur cruauté.

Souvent, on ne leur refusait rien, malgré leur petite taille. Cet ordre des choses m'échappait complètement et c'était plutôt pour me déplaire car ils étaient imprévisibles et intenables.

Dans notre monde, les petits ne commandaient pas. Ils devaient juste apprendre à obéir et à se faire oublier pour ne pas avoir à subir le courroux des grands.

Avec le temps, j'avais compris que les petits étaient la progéniture, la descendance des grands. Mais, je ne comprenais toujours pas leur suprématie.

Il y avait, de toute façon, bien des choses que je ne comprenais pas chez les humains. Mais lorsqu'on avait la chance d'être auprès de bons humains, les incohérences avaient peu d'importance. Et ces petits s'avéraient être doux, sous l'influence des grands.

Un jour, la main qui m'avait nourri pendant un temps indéterminé pour moi, était venue me tirer de ma cage, au fond de ma cour, pour me donner à une grande et un petit, ayant tous deux un pelage couleur paille. J'avais été emmené dans une cage guère plus grande que celle que j'avais déjà.

A l'époque, je ne me rendais pas compte de l'étroitesse de celle-ci. C'était normal pour moi de vivre dans une cage où je pouvais à peine me dégourdir les pattes et me retourner. Mais, aujourd'hui, je pouvais le dire : quelle vie misérable j'avais eue...

Arrivé chez eux, j'avais fait connaissance du reste de leur

colonie : un grand et un petit, couleur paille également, nous attendaient à l'entrée de leur foyer.

J'avais remarqué que l'un des deux petits poussait régulièrement des cris stridents et semblait constamment mécontent. Il tapait souvent des pattes.

Une fois, suite à une de ces impressionnantes démonstrations, on m'avait sorti de ma cage pour divertir le plus petit.

Ça avait été une de mes pires expériences. Il m'avait enfoncé ses griffes dans le corps et presque arraché les oreilles. J'étais tétanisé et n'osais plus bouger. Tant et si bien que j'avais, ensuite, été heureux de retrouver mon minuscule espace clos.

À l'époque, je sortais selon le bon vouloir des petits. Mais, honnêtement, je préférais être en cage, c'était moins dangereux pour moi.

Jamais, je n'avais, réellement, connu la liberté avec eux. Je ne pouvais aller où je voulais et lors de mes rares sorties, les deux petits se disputaient pour me porter, me tiraillant dans tous les sens.

Et, aujourd'hui, je pouvais le dire : quelle vie misérable j'avais eue.

III

Au tout début, j'étais comme une distraction pour les petits. Et l'un comme l'autre me faisait peur.

J'avais fini par sortir les dents pour les dissuader de me sortir de la cage. Et, cela avait eu son effet : une fois, l'euphorie passée et quelques morsures plus tard, ils m'avaient oublié.

Un peu trop même.

Alors qu'ils m'avaient, dans un premier temps, mis en hauteur, j'avais été placé, dans la cuisine, sous la table, à côté de la poubelle, dans ma minuscule cage.

Je ne savais pas ce qu'était de détaler comme un lapin et je n'en rêvais même pas.

Néanmoins, depuis ma cage, je me doutais qu'il y avait un monde où l'on pouvait aller et venir.

Régulièrement, une bête à quatre pattes (à l'époque, je ne savais pas que c'était un chien…) venait me renifler, puis repartait aussitôt. Je le voyais déambuler à sa guise. Mais, je ne me faisais pas d'illusion. Je savais que j'étais destiné à rester dans cette cage, au même endroit. Alors, la bête à quatre pattes était ma distraction.

Là où je me trouvais, je n'avais plus conscience du jour ou de la nuit, je vivais dans la pénombre. Je regrettais, même, parfois, ma cage au fond de la cour. Au moins, j'y voyais la lumière, le soleil.

Dans l'obscurité, j'avais droit à du pain rassis, de la salade, et de temps en temps, à de la pomme et de la carotte. Mais, je ne mangeais pas réellement à ma faim.

Bien plus tard, j'avais su que mon alimentation n'était pas équilibrée et surtout, ne me permettait pas d'user mes dents. Et finalement, c'était de bonne augure, pour mon avenir car ça m'avait permis d'échapper à cette vie.

En tout cas, ça leur arrivait souvent de m'oublier...

Alors, j'attendais. Ce n'était pas dans mon caractère de me manifester, de montrer que j'existais. Je ne m'accrochais pas au barreau de la cage, ni tapais des pattes pour montrer mon mécontentement.

Non. Je restais là, à attendre que l'on pense à moi. Tant et si bien que je m'étais dégradé, physiquement.

Mes griffes étaient si longues qu'elles s'enroulaient sur elles-mêmes.

J'étais devenu si invisible, qu'une fois même, j'avais dormi au milieu des vers. Ils avaient fini, un jour, par nettoyer ma cage pour je ne sais quelle raison mais, sûrement, parce qu'ils y étaient obligés...

Encore une fois, mon univers n'était pas si hostile et mon instinct de conservation était plus fort que tout.

Alors, j'avais survécu.

Je n'avais pas conscience de ma condition. Et à vrai dire, je ne savais pas laquelle des deux existences, que j'avais eues jusqu'à lors, choisir.

Mais, aujourd'hui, je pouvais le dire : quelle vie misérable j'avais eue.

IV

Je m'appelle Albator. Allongé sur le flanc, je ne pouvais plus bouger mes membres.

J'avais senti un goût de fer me monter au museau. J'avais mal à la tête et, affreusement, envie de dormir. J'avais été, soudainement, aveuglé par la grande lumière de ce plafond que je ne connaissais pas.

Mais, je n'étais plus seul dans la nuit. Ma Grande Maîtresse était arrivée, en courant. Je l'avais sentie paniquée, puis désolée. J'entendais sa voix douce et lointaine.

Moi, je me forçais à rester éveillé mais je n'y arrivais pas. Mes paupières étaient lourdes et mon corps engourdi. Ma deuxième maîtresse était aussi là. C'était une moyenne. Elle était plus calme, plus posée.

Je les avais entendues, au loin, discuter entre elles.

Je savais que je devais les quitter et ça m'attristait.

La grande m'avait sauvée de ma deuxième vie et je lui étais plus que reconnaissant pour celle qu'elle m'avait offerte.

Un jour, dans ma minuscule cage, sous la table, à côté de la poubelle, j'avais commencé à avoir mal aux dents, à l'œil, puis à la tête entière. La nourriture inadaptée avait encouragé mes dents à pousser.

Pour éviter cela, il m'aurait fallu manger du foin, tous les jours. J'avais appris plus tard que c'était l'aliment de base pour les animaux, comme moi, justement parce qu'il permettait d'user la dentition.

Un abcès au-dessus de mon œil s'était, donc, formé. Je n'arrivais plus à me nourrir, à boire. Je ne voyais que d'un côté et j'avais vraiment mal.

Je n'osais plus bouger car j'avais, alors, encore plus mal qu'auparavant et mon instinct de conservation commençait à s'étioler.

J'étais fatigué.

Le chien ne venait plus me voir. Il était mal en point, lui aussi. Je l'entendais au loin gémir et je sentais son mal-être.

Quant à moi, j'étais devenu une ombre. Ma douleur était plus vivante que moi.

La grande paille m'avait emmenée dans un espace que je ne connaissais pas. Rempli de grands que je ne connaissais pas non plus.

A vrai dire, j'avais tellement mal que peu m'importait d'être là ou ailleurs.

Je me tenais assis sur mes pattes arrières, immobile car c'était la position la moins douloureuse pour moi.

Alors que je me concentrais sur ma posture pour oublier ma douleur, j'avais vu ma Grande Maîtresse, pour la première fois.

J'avais, alors, senti l'ambiance changer autour de moi. Elle était chargée d'électricité.

Les gens, jusqu'à lors, étaient indifférents à ma présence. Mais, soudainement, j'avais senti les regards sur moi. J'étais devenu le centre de toutes les attentions.

Néanmoins, je n'avais pas peur. J'avais vu ma future "Grande Maîtresse" approcher son visage des barreaux de ma cage. Je ne comprenais pas tout ce qu'elle disait car je n'étais pas habitué au langage des humains, mais je la sentais intriguée et désolée.

Ma "Grande Maîtresse" brune.

A l'époque, le peu d'ouverture que j'avais sur le monde me faisait penser qu'elle avait la couleur du tronc d' arbre du fond de la cour où j'avais précédemment vécu. En fait, elle avait la peau brune.

Les humains diraient "noire".

Mais, chez les animaux, le noir, ce n'était pas çà.

Aujourd'hui, je pouvais faire cette distinction car grâce à elle, j'avais eu accès à la culture, à la connaissance des humains, à leur us et coutumes. Elle avait changé ma vision du monde, en me permettant de quitter celui dans lequel je me trouvais.

Je l'avais sentie prendre ma cage et m'emmener loin de cet endroit.

Jusqu'à ce moment, je n'avais pas su ce qu'était l'espoir. Mais, j'avais commencé à le sentir grandir dans ma poitrine et finir par envahir mes pensées.

Ainsi, aujourd'hui, je pouvais le dire : quelle vie misérable j'avais eue.

V

Tous les à-coups que ma cage subissait, résonnaient au plus profond de moi.

Je souffrais le martyr. Mon corps n'était plus que douleur. Je n'étais plus que douleur. Je ne savais pas ce qu'était la mort, mais, à ce moment-là, je souhaitais vivement qu'on abrège mes souffrances.

Malheureusement, je n'avais aucun moyen de le dire. Alors, je restais là, silencieux, prostré, limitant mes mouvements.

De toute façon, je n'avais pas été habitué à ce que l'on soit réceptif aux messages que je pouvais envoyer.

Je ne connaissais pas les moyens de communiquer, d'échanger parce que j'étais tout simplement seul et juste une distraction.

Ma Grande Maîtresse m'avait emmené, dans un endroit qui transpirait la peur, l'angoisse et que j'avais réussi à apprivoiser, par la suite : le cabinet du vétérinaire.

Je ne savais pas ce que c'était à ce moment-là mais j'avais, malgré tout, quelques appréhensions. Cependant, lorsque ce grand humain avait posé ses mains sur moi, j'avais compris qu'il ne me ferait aucun mal et qu'il était là pour mon bien.

Contrairement à tous les grands que j'avais rencontrés jusqu'à maintenant, ses gestes étaient doux et calculés.

J'avais, enfin, découvert ce qu'étaient la douceur et la bienveillance dans les mains de cet humain. C'était la première fois que l'on me traitait avec autant d'égard et de précautions.

J'avais, alors, trop mal pour le réaliser mais, aujourd'hui, je pouvais le dire : quelle vie misérable j'avais eue.

Tout ce qui me touchait me faisait l'effet de milliers de griffes enfoncées dans mon corps. Alors, lorsque le grand vétérinaire avait touché mon œil, ça avait été pire.

Il s'était rapproché de moi, avec un objet qui m'était inconnu. J'avais ressenti une douleur aiguë et persistante au-dessus de mon œil.

Puis, plus rien. Le soulagement total.

Les mains de ma Grande Maîtresse m'avaient encerclé fermement, mais, étrangement, celles du grand Homme étaient imperceptibles. Pourtant, je les voyais s'activer autour de mon œil.

Une douce chaleur gagnait peu à peu tout mon être. Jamais, je n'avais connu un tel bien-être. Je n'avais plus mal et surtout, j'étais en confiance, en sécurité.

Le grand vétérinaire m'avait coupé les griffes. J'avais moi-même eu peur qu'il me blesse, mais il avait les gestes assurés, précis. Je n'avais pas bougé.

De toute façon, j'étais tellement abasourdi que je n'en aurais pas eu la force.

Cette entreprise terminée, il m'avait remis dans ma cage.

Jamais, je ne m'étais senti aussi serein.Tant et si bien que j'avais décidé de faire un brin de toilette. C'était un vrai bonheur de pouvoir la faire sans avoir la crainte de me retourner une griffe ou encore de me blesser.

Ce n'était pas grand-chose mais j'avais un sentiment d'extrême liberté. J'étais libre dans mes mouvements, libre dans ma tête. Je profitais pleinement du moment présent, faisant abstraction complète du lendemain : je ne voulais pas penser à l'éventualité d'un retour auprès de la famille Paille.

Au loin, j'entendais ma Grande Maîtresse et le Grand Vétérinaire discuter. Mais j'étais trop fatigué et n'arrivait pas à me concentrer sur leur conversation. Je ne tardais pas à m'endormir, le corps lourd.

Ne ressentant plus les vibrations des soubresauts de la cage, je m'étais laissé porter. La sensation de bien-être que j'avais était, toujours, aussi indescriptible, tant ma souffrance avait été grande. Et j'espérais ne plus jamais avoir à en vivre de telle...

En ouvrant les yeux, je n'avais pas reconnu les objets et la pièce qui m'entouraient.

J'étais arrivé dans un endroit calme, sans cri.

Transporté avec délicatesse, j'avais été plongé dans une eau douce et tiède, me donnant une impression encore plus grande de sérénité .

Délicatement lavé et ensuite, enveloppé dans un tissu agréable, j'appréciais chacun de ces moments.

Ma Grande Maîtresse et une autre petite à la peau brune mais plus claire s'étaient occupées de moi, avec une douceur et un soin qu'on ne m'avait jamais prodigués.

La douleur était revenue peu à peu, mais elle n'avait rien à voir avec celle que j'avais, précédemment, endurée.

Emmitouflé dans une douce étoffe, j'avais observé ma Grande Maîtresse qui récurait énergiquement ma cage.

Lorsqu'elle m'y avait replacé, elle était bien propre et sentait bon.

Le fond avait été tapissé d'une matière aérienne. J'avais appris, par la suite, que c'était de la litière. C'était très doux et mes pattes s'y enfonçaient, délicieusement.

Les barreaux n'étaient plus recouverts de cette substance gluante et poisseuse, composée entre autres, du liquide épais qui avait coulé de mon œil.

Alors que je goûtais au plaisir d'un environnement confortable et douillet, un petit récipient avait été mis à ma disposition par la Petite Maîtresse. J'avais entendu la Grande Maîtresse l'appeler Loïs. Un lien particulier semblait les unir. Plus tard, j'avais compris de quoi il s'agissait : c'était sa fille.

Elle m'avait observé, de ses grands yeux bruns clairs et ensoleillés, pendant que je mangeais comme si elle avait voulu s'assurer que tout se passait bien.

Je découvrais des mets inconnus et savoureux : des céréales, des graines et des légumes séchés que j'avais dévorés. C'était si délicieux.

Une fois rassasié comme jamais je ne l'avais été, je ne souhaitais qu'une chose : m'endormir paisiblement. J'avais la panse tellement pleine que je rêvais au délice de me coucher de tout mon long sur le côté. Ça faisait si longtemps que je n'avais pas pu le faire. Mes longues griffes et mon œil si sensible m'avaient imposé de dormir assis, la tête contre les barreaux.

J'aurais bien aimé m'allonger.

L'envie ne me manquait pas mais je n'osais pas : deux menaçantes bêtes poilues me regardaient de leurs grands yeux verts.

A partir du moment où ma Grande Maîtresse m'avait placé en hauteur et s'était mise à discuter avec une autre grande de couleur brune, ces deux monstres ne m'avaient pas quitté des yeux. Néanmoins, je n'avais pas peur : ils me regardaient, calmement, sans geste brusque, sans bruit.

Et puis, ma Grande Maîtresse était non loin de moi. Alors je me sentais en sécurité. Jamais auparavant, je n'avais connu cette sensation.

Et aujourd'hui, en y repensant, je pouvais le dire : quelle vie misérable j'avais eue.

VI

Tout ce qui m'entourait était nouveau, mais ne suscitait aucune crainte chez moi.
Même lorsqu'un très Grand à la peau brune était arrivé et s'était, indiscrètement, approché de ma cage, je n'avais pas tremblé.
Ma Grande Maîtresse n'était pas loin et j'avais une confiance absolue en elle. Je ne la connaissais que depuis le matin, mais je savais que rien ne pourrait m'arriver en sa présence.
J'avais entendu le très Grand Brun émettre des sonorités graves pleines de colère.
A travers les barreaux, je l'avais vu gesticuler dans tous les sens, aller et venir. Mais je n'avais, toujours, pas peur.
Lorsqu'il se rapprochait de moi, il se taisait et me regardait avec insistance.
Je ne comprenais pas ce qu'il voulait ou ce qui le mettait dans un tel état, mais il m'inspirait la bienveillance.
Bien plus tard, j'avais compris sa colère : l'état d'altération général, dans lequel je me trouvais, l'avait révolté.
Il s'était insurgé contre mon ancienne maîtresse qui était une des connaissances de ma Grande Maîtresse. Il n'avait

pas compris pourquoi elle avait laissé mon œil se dégrader autant et comment il était possible de laisser souffrir un être vivant, à ce point.

J'avais, par la suite, revu le Grand Brun. Et je ne m'étais pas trompé : il était avenant et attentionné.

Doux dans ces gestes, il m'inspirait la plus totale des confiances lorsqu'il lui était arrivé de s'occuper de moi, en l'absence de ma Grande Maîtresse.

En tout cas, ce jour-là, ce qui m'avait paru évident, c'était qu'il valait mieux avoir affaire à un grand, même très grand qu'à un tout petit.

Habitué, auparavant, à vivre au grand air, j'avais clairement reconnu les effluves de la nuit.

Ma Grande Maîtresse, accompagnée de Loïs, m'avait emmené, ailleurs. C'était encore plus calme et paisible.

C'était la demeure de ma Grande Maîtresse et de Loïs.

Je ne m'en doutais pas mais ça allait être mon "chez moi", mon doux "chez moi", mon refuge, mon repère, ma boussole.

Ma Grande Maîtresse m'avait, encore, placé en hauteur.

Alors que je dominais la pièce, de mon œil valide, j'avais aperçu le même genre de bêtes étranges aux yeux immenses et verts, découvertes plus tôt.

Au nombre de trois, je les avais vues tenter de se rapprocher de moi.

Étrangement, cette fois-ci, j'avais, tout de même, un peu peur : elles étaient moins timides que les deux autres. Elles étaient plus entreprenantes, reniflant et tournant autour de la cage. Mais Loïs veillait au grain. Elle les avait repoussées, à plusieurs reprises.
Plus inquiétantes, elles avaient fini par abandonner.
Plus tard, j'apprenais que ces créatures étaient des chats. De la famille des félins.
Je ne le savais pas encore, mais ils allaient changer le cours de ma vie, à tout jamais.
Et, aujourd'hui, je pouvais le dire : quelle vie misérable j'avais eue, avant.

VII

Je m'appelle Albator. Et je sentais le sol froid contre mon flanc.
Loïs s'était accroupie et m'avait pris dans ses bras. Elle avait pris soin de m'envelopper dans un tissu. Je le sentais, si doux, contre mon museau. Il avait l'odeur de ce foyer qui m'avait accueilli.

Je ne m'étais jamais réellement remis de ce mal qui m'avait valu une cataracte et par conséquent, je ne voyais plus très bien de l'œil droit.
Les jours qui avaient suivi mon sauvetage, je passais le clair de mon temps à dormir. J'étais épuisé.
Mais une chose était sûre : ma vie était différente.
La journée, j'étais en liberté.
Je trottais timidement, au pied de ma nouvelle maîtresse, craignant une éventuelle attaque des chats. Néanmoins, ceux-ci me laissaient tranquille. Ils venaient me renifler lorsque je dormais dans le petit carton qui me servait de lit mais ne faisaient preuve d'aucune agressivité.
La nuit, je regagnais ma cage, mais je m'étais bien dépensé. Alors, après avoir englouti une petite poignée de céréales et

des brindilles vertes au goût exquis (des fanes de carotte ou du persil ou encore de la coriandre), je m'écroulais de fatigue et dormais jusqu'au petit matin.

Mes maîtresses me prodiguaient, chaque jour, des soins. Pendant que l'une me tenait fermement emmailloté dans une serviette, l'autre me faisait ingurgiter le contenu d'une pipette.

Si au début de l'entreprise, j'étais douloureux, je ne ressentais plus rien dans l'instant qui suivait ce cérémonial. Une seconde pipette m'était, ensuite, administrée.

Je les avais entendues prononcer le mot "atibotik". Quoique ça pouvait être, ça m'était bénéfique car au bout de quelques jours, les souffrances que j'avais endurées n'étaient plus qu'un lointain souvenir.

Plusieurs fois de suite, Loïs, ma Grande Maîtresse et moi étions retournés voir le Grand Vétérinaire.

Ce qui m'avait stressé, à la première visite, apparaissait comme ridicule aujourd'hui. Je réalisais, en effet, que j'avais vécu le pire. Alors, je n'avais plus peur.

Aucun mot de la conversation ne m'échappait.

J'avais compris lorsque le Grand Vétérinaire avait annoncé que j'avais pris du poids, que je faisais beaucoup plus jeune et que j'étais guéri.

Il est vrai que je me sentais vraiment bien. Je n'avais mal nulle part et grâce à ma Grande Maîtresse, je ne manquais de rien.

Elle me parlait constamment.

Elle communiquait beaucoup, aussi, avec les chats. Et je pouvais sentir l'affection qu'elle nous portait à tous.

Grâce à son attention, j'avais élargi mes connaissances en langage humain.

Je ne saisissais pas encore tout, mais j'avais fini par réaliser qu'une guerre dont j'étais l'enjeu avait lieu entre la "Grande Paille" et ma Grande Maîtresse.

D'après ce que je pouvais entendre ici et là, celle-ci n'était pas sûre de vouloir me garder.

La fragilité de mon avenir m'avait été confirmée, lors d'une conversation entre le Grand Vétérinaire et ma nouvelle famille : la "Grande Paille" tentait de me récupérer et ma Grande Maîtresse n'arrivait pas à se décider.

Le Grand Vétérinaire avait sous-entendu que j'étais bien mieux avec elle et essayait de l'en convaincre. Çà, je l'avais bien compris.

Moi, je ne voulais pas quitter mon nouveau foyer, ma nouvelle famille.

La famille... je ne savais pas ce que c'était, à l'époque.

Mais, aujourd'hui, je pouvais le dire. Quelle vie misérable j'avais eue, avant.

VIII

J'avais tenté d'en savoir un peu plus, chaque jour. L'incertitude de mon avenir me perturbait énormément.
Alors, j'écoutais toutes les conversations possibles.
Ainsi, j'avais entendu ma Grande Maîtresse et sa sœur échanger, régulièrement, sur mon avenir.
La sœur n'était pas là physiquement, mais je pouvais l'entendre s'exprimer à travers une petite boîte que ma Grande Maîtresse tenait, régulièrement, contre son oreille et dans sa main.
Elles discutaient, tous les jours et même plusieurs fois par jour.
Si nous, animaux, étions souvent séparés à la naissance et n'en souffrions pas, certains humains gardaient un lien très fort entre eux et ne supportaient pas la distance entre eux.
On appelait cela, la fraternité, les liens du sang.
Je ne les avais jamais constatés chez les autres Grands que j'avais croisés, les tensions étant plus que palpables.
Mais, chez ces deux sœurs, pas de discorde. Elles passaient beaucoup de temps ensemble et se racontaient tout.
Cette complicité me permettait d'être au courant de tout ce

qui se passait.

En l'occurrence, je pouvais suivre le récit de la bataille pour me garder.

Ma Grande Maîtresse se battait comme une lionne pour moi.

Et la lutte, entre la "Grande Paille" et elle, était féroce.

Mon ancienne maîtresse avait tenté de me récupérer en contactant le Grand Vétérinaire mais celui-ci avait, apparemment, menti pour me protéger. Il avait dit ne pas avoir reçu de lapin, ces derniers temps.

Elles se battaient pour moi, pour des raisons bien différentes, mais tout de même...

L'une voulait mon bien et m'offrir une meilleure vie.

L'autre revendiquait Son bien, Sa propriété, éludant toute notion de bienveillance à mon égard.

Ces mots étaient ceux de ma Grande Maîtresse.

Je ne les comprenais pas tous mais il était évident que ce n'était pas à mon avantage...

Elles se battaient pour moi... comme des lionnes... j'en avais vues dans les reportages, à la télé, cette extraordinaire boîte à images. Elles étaient impitoyables...

Si l'affection de ma Grande Maîtresse m'avait permis d'évoluer très rapidement, la boîte à images avait continué de parfaire ma culture sur diverses sujets propres aux humains.

Mais, le plus formateur pour moi, ça avait été de rencontrer ces bêtes que j'avais trouvées étranges et mystérieuses, dans un premier temps : les chats.

Au début, ils avaient été méfiants.
J'avais tenté de les intimider car je m'étais senti menacé malgré la présence de ma Grande Maîtresse.
Un jour, ils m'avaient entouré tous les trois et pour me défendre, j'étais allé au front, toutes dents dehors. J'avais décrit des cercles, autour d'eux. Et j'avais sévi au hasard.
J'avais même mordu ma maîtresse à la jambe.
Stratégiquement, je m'en étais rendu compte après coup, j'avais mal agi.
Je m'étais mis à dos, les trois inconnus.
Et je l'avais payé cher, par la suite.
La petite, la plus teigneuse, n'avait pas aimé mon incartade. Pour se venger, elle m'avait entaillé l'œil qui me restait, changeant à tout jamais ma vision du monde.
A partir de ce jour, j'avais vu les choses qui m'entouraient de manière partielle et imparfaite. Néanmoins, j'avais développé mes autres sens, ce qui me permettait de pallier mon handicap. Et, c'était, au départ, bien nécessaire car je n'avais guère confiance en eux.
La tribu féline régnait sur le logis.
Il y avait Xéna, blanche et grise, un peu enrobée, aux yeux mordorés irrésistibles. C'était une vraie princesse. J'en étais, secrètement, un peu amoureux. Mais, je ne me faisais pas d'illusion. Je savais que c'était peine perdue : elle était bien

trop belle pour moi.

J'avais, souvent, entendu ma Grande Maîtresse lui donner le sobriquet de Patate, mais ça ne lui plaisait pas trop. Elle m'avait, en effet, dit que ce n'était pas très flatteur. Néanmoins, elle s'y était faite car elle savait que la Grande Maîtresse l'aimait beaucoup.

Xéna m'avait un jour confié qu'elle avait failli s'appeler Delphine. C'était Loïs, encore toute jeune, qui avait soufflé ce prénom à sa mère.

Mais la sœur de ma Grande Maîtresse était intervenue en faveur de ma douce. Elle avait dit qu'il lui fallait un nom héroïque et véhiculant une image de bravoure.

Elle avait, donc, proposé Xéna comme une guerrière de la mythologie grecque, mise en scène dans une série que j'avais pu voir dans la boîte à images.

Loïs et ma Grande Maîtresse avaient trouvé cela parfait.

Xéna, aussi.

Elle, c'était la classe personnifiée.

Elle était discrète mais savait s'imposer en bonne doyenne. Personne ne lui résistait.

Même lorsqu'elle décidait d'uriner dans la panière à linge sale de nos maîtresses parce sa litière n'était pas faite.

Même lorsqu'elle miaulait, mécontente, parce que l'une d'elles refusait de lui céder la place centrale sur le canapé.

J'étais admiratif : même si la Grande Maîtresse appréciait moyennement ses remontrances, Xéna avait toujours ses faveurs.

A bien y réfléchir, comme moi d'ailleurs.

C'était peut-être ce qui avait fait qu'elle et moi étions devenus amis, très rapidement : malgré mes efforts pour montrer ma bonne foi, je ne pouvais m'empêcher d'uriner dans les coins.

Alors, inlassablement, j'avais vu ma Grande Maîtresse nettoyer mes dégâts.

A la télé, j'avais entendu parler d'incontinence… mais une conversation surprise entre le Grand Vétérinaire et ma Grande Maîtresse m'avait plus orienté vers mes instincts naturels : j'avais besoin de marquer mon territoire et cela expliquait ma manie de balancer des jets d'urine, ici et là.

C'est aussi de cette manière, que j'avais compris pourquoi je n'avais pas le droit d'aller dans les chambres : ce n'était pas un comportement très apprécié des humains dans leurs lieux d'intimité.

En tout cas, ce qui était sûr, c'est que j'étais impressionné par les facultés de communication de Xéna avec nos maîtresses car elle arrivait toujours à ses fins.

Par exemple, lorsqu'elle voulait se promener sur le palier, elle se plantait devant la porte d'entrée et miaulait jusqu'à obtenir gain de cause.

Même si elle se faisait gronder sévèrement, elle finissait par avoir les maîtresses à l'usure, surtout la Grande Maîtresse car Loïs, la fille, malgré son jeune âge, était plus coriace.

C'est Xéna qui m'avait incité à balancer ma gamelle, à travers la cage, pour réclamer mon repas ou lorsque celui-ci ne me plaisait pas... et c'était infaillible.

Elle m'avait appris à exister, à m'épanouir dans cette nouvelle vie.

C'était tout naturellement qu'elle se posait, droite et fière, devant une porte entrebâillée, fixant avec insistance, l'une des maîtresses, pour qu'elle vienne lui ouvrir. Car elle refusait d'ouvrir elle-même les portes si ce n'était pas une urgence.

Une fois, j'avais entendu Loïs pester contre elle, lui reprochant de se prendre pour une princesse ! Plus tard, j'avais eu du mal à comprendre cette réflexion car les princesses dans l'histoire des humains n'étaient pas aussi heureuses que Xéna pouvait l'être.

Mais, j'étais réellement sous son charme.

Un soir, lors d'une de mes sorties surveillées, elle m'avait gratifié d'un front contre front, suivi d'un museau contre museau.

J'étais, complètement, transporté. A défaut d'avoir son amour, je me félicitais d'avoir toute son amitié.

Mais peut-être avais-je plus?... Car je la voyais, souvent, se poser là où je m'étendais le soir, avant de regagner ma cage. Discrètement, elle se roulait contre le sol, comme pour s'imprégner de mon odeur.

Et puis...elle m'attendait à chacune de mes sorties pour me

saluer. Front contre front...

Venait, ensuite, Athéna, tigrée, couleur caramel et noire. Petit gabarit, courte sur pattes, c'était une vraie terreur.

Si Xéna était affectueuse et aimait souvent se prélasser à mes côtés au soleil, Athéna était une vraie sauvage. Et surtout, je n'oubliais pas qu'elle m'avait presque crevé un œil.

J'évitais, donc, de la côtoyer. Mais, elle prenait, également, soin de m'éviter.

Si par malheur et mégarde, je me retrouvais sur son chemin, elle émettait, de suite, un grognement guttural des plus impressionnants qui me faisait prendre mes pattes à mon coup, dans la seconde.

Athéna n'aimait personne, à part Xéna et les maîtresses.

Elle avait, pour les autres, l'œil sournois et assassin, mais aussi, le coup de patte ou de griffes facile.

Néanmoins, elle faisait partie de mon monde, de ma famille et je l'appréciais malgré tout. C'était aussi çà, la famille : aimer l'autre sans aucune condition.

Il y avait, ensuite, Seya, un chat noir au regard vert, la queue touffue et l'allure princière. C'était un paresseux de première. Imbattable dans l'art de se prélasser.

Lui et moi n'étions pas très liés.

Nos rapports étaient courtois et brefs.

Juste un museau contre museau, à l'occasion et c'était tout.

Mais, je ne m'en plaignais pas.

Si je le croisais, il déviait calmement sa route et ne faisait pas attention à moi.

A vrai dire, il ignorait tout le monde, à part les maîtresses.

C'était un chat calme, discret mais qui avait une bizarrerie : toutes les nuits, alors que tout le monde dormait, il traînait dans sa gueule, une peluche, une couverture ou un chiffon en émettant un miaulement plaintif, presque déchirant de tristesse.

Il nous réveillait tous mais personne ne l'empêchait d'effectuer son rituel.

Une fois cette curiosité terminée, il allait se coucher, comme épuisé et à bout.

Je n'ai jamais su ce que ça voulait dire. Même lorsque je lui avais posé la question, il avait détourné la tête en fixant l'horizon.

Peu à peu, je m'étais habitué aux chats. Je faisais partie de leur quotidien et eux, du mien.

La communication était facile. Nous nous comprenions en un regard. Nul besoin, pour nous, d'émettre des sons.

Jusqu'à ce que j'entre dans leur vie, je ne savais pas ce qu'était le fait d'appartenir à une communauté.

Mais aujourd'hui, je pouvais le dire. Quelle vie misérable j'avais eue, avant.

IX

Malgré les tensions et le stress que cela pouvait, parfois, générer chez moi, j'appréciais cette vie. Mais, je craignais pour mon avenir : j'avais, encore, entendu ma Grande Maîtresse dire qu'elle envisageait de me rendre à la famille Paille et Xéna m'en avait donné la confirmation.

Je n'avais vraiment pas envie de partir et de retrouver cette cage minuscule et surtout le Petit Paille.

Alors, comme pour conjurer le sort, j'avais guetté chaque conversation de ma Grande Maîtresse. Assez régulièrement, j'avais deviné, à l'intonation de sa voix, que ce n'était pas gagné.

Ainsi, j'avais oscillé, un certain temps, entre espoir et désespoir.

Et puis, un jour, je n'avais plus rien entendu. Plus de conversation.

Ça avait été une torture pour moi. J'aurais préféré dix mille fois revenir à ma souffrance passée qu'avoir à subir l'angoisse de perdre cette famille.

Je n'étais pas au fait de tous les moyens de communication utilisés par les humains, mais bien heureusement pour moi, Xéna en connaissait tous les secrets.

Elle m'avait assuré que les silences de la Grande Maîtresse ne voulaient rien dire : elle communiquait par message...
Encore une fois, Xéna faisait mon éducation. Je n'avais pas tout saisi mais j'étais, de nouveau, confiant.
C'était, à priori, des messages qui transitaient par le petit boîtier que ma Grande Maîtresse collait sur son oreille...
Néanmoins, aucune information ne filtrait. L'attente était interminable...

Le temps passait sans qu'aucun signe ne puisse m'aider à me projeter dans l'avenir...
Jusqu'au jour où j'avais été installé dans une grande cage , sur le balcon.
Mais elle n'était pas comme toutes celles que j'avais connues : elle était spacieuse, avec un étage supérieur qui donnait accès à une chambrette. Je pouvais aller, venir, avoir mon intimité. J'étais à l'abri, en sécurité.
Je l'avais inauguré en m'allongeant de tout mon long, observant la petite troupe féline derrière la grillage. De là où j'étais, je pouvais même voir ma Grande Maîtresse passer sa tête pour me surveiller.
J'en avais tiré mes conclusions : cela voulait dire que j'allais rester.
Xéna, qui ne perdait pas une occasion d'enrichir mon vocabulaire, m'avait précisé que cette nouvelle demeure était un "clapier".

J'avais écouté très poliment, mais à vrai dire, peu m'importait. Pour moi, c'était juste mon "chez moi".

Même entre ces murs, je me sentais libre. Surtout que je pouvais y aller et venir comme bon me semblait.

Ma Grande Maîtresse en verrouillait l'accès, une fois, les étoiles montées dans le ciel.

De ma chambrette, je pouvais écouter les bruits de la nature, imperceptibles lorsque les hommes et le soleil se côtoyaient.

J'étais heureux.

Jamais on n'avait été aussi attentionné envers moi.

Par moment, j'étais comme un fou. J'étais ivre de liberté. Je n'arrêtais pas de monter et descendre la passerelle. Et je faisais de petits bonds qui amusaient mes Maîtresses.

J'avais remarqué que même les chats m'enviaient mon logis. Et je les avais vus s'y prélasser lorsque je ne m'y trouvais pas.

Jamais, je n'avais eu ce sentiment d'être unique.

Et, aujourd'hui, je pouvais le dire : quelle vie misérable j'avais eue, avant.

J'étais comblé par tant d'attention.

Je sentais le regard de ma Grande Maîtresse me couver à chacune de mes sorties et j'avais remarqué qu'elle et Loïs se relayaient pour me surveiller.

J'avais, aussi, une petite boîte que je pouvais grignoter, rien que pour moi.

Je m'y prélassais longuement, réchauffé par les rayons du soleil.

C'était merveilleux de sentir la douce chaleur caresser mon pelage.

Le soir, j'étais autorisé à aller dans la grande pièce où tous se rassemblaient autour du point central, la boîte à images.

Tout était parfait : gambader librement, le persil, la coriandre, les pommes, les fanes de carottes !!!

La Grande Maîtresse avait tenté d'introduire du foin dans ma nourriture mais je refusais, catégoriquement, d'y toucher : il était hors de question pour moi d'en manger... sa saveur et son odeur me rappelaient trop l'amertume de mes années de solitude.

Par contre, les rebords de pizza restaient un délice pour moi. Pourtant, ils me ramenaient à l'époque où je vivais chez les Paille, négligé et seul.

A l'époque, je dévorais ce qu'on voulait bien me donner... lorsqu'on pensait à moi. Et les restes de pizza étaient une douceur dans mon triste quotidien.

Alors, c'était devenu comme une revanche d'en manger. Je retrouvais ce réconfort que m'avait apporté cette saveur légèrement boisée et salée, mais avec la liberté, en plus, d'en réclamer ou même d'en refuser.

Au début, ça ne faisait pas partie de mon alimentation.

Mais un jour, alléché par les effluves du repas du soir, je

m'étais hissé sur mes pattes arrières et accroché à la jambe de ma Grande Maîtresse pour lui signifier qu'il m'aurait bien plu d'en goûter.

D'abord hésitante, elle avait fini par m'en proposer. Les premières fois, je m'étais empressé de me cacher dans un coin pour dévorer mon festin.

Bien évidemment, ma voracité était une des séquelles de la faim que j'avais endurée dans mes anciennes vies. Car entre autres, elle m'avait aussi valu d'être plus petit. Mal nourri, on ne peut grandir comme il faut... J'avais entendu le Grand Vétérinaire l'expliquer à ma Grande Maîtresse.

Progressivement, j'avais cessé de me précipiter dans un coin pour engloutir mon petit morceau de pâte et j'avais fini par manger au pied de ma Grande Maîtresse.

Ainsi, dès lors que la pizza était au menu, j'avais droit à ma part de croûte.

Je faisais partie de cette famille. Et même les chats m'avaient autorisé à manger leurs croquettes et leur pâtée. Ce n'était pas mauvais. Loin de là.

J'avais découvert les arômes de viandes et de poissons. Légèrement relevés, fumés et délivrant un côté tantôt craquant, tantôt fondant.

Dans un premier temps, j'avais constaté qu'ils ne finissaient pas leurs gamelles. J'avais, d'abord, pensé qu'ils n'avaient plus faim. Puis, j'avais réalisé qu'ils me laissaient sciemment, un peu de leur repas du soir.

C'était leur manière de me montrer qu'ils m'avaient accepté comme un des leurs.

Alors, j'avais fini par adopter leurs rituels.

Comme eux, j'avais pris l'habitude de paresser, une fois repu.

Au début, à l'écart, je m'étais, ensuite, rapproché de la petite troupe féline.

J'allais même faire mes besoins dans leur litière quand l'envie me prenait. Mais la plupart du temps, j'étais plutôt attiré par les angles de la grande pièce.

Si je n'avais pas eu mes grandes oreilles, on aurait pu dire de moi que j'étais un vrai chat !

Quelle vie misérable, j'avais eu avant.

X

Les jours plus froids et plus courts étaient arrivés.
Les chats restaient à l'intérieur dans la grande pièce.
Je voyais, donc, de moins en moins, Athéna, Seya et Xéna et mes sorties étaient moins fréquentes.
Une fois, dans mon clapier, j'avais eu du mal à me réchauffer. Ma petite pièce à l'étage et la litière n'avaient pas suffi à me donner ce sentiment de douce chaleur.
Au matin, ma Grande Maîtresse était venue me chercher.
Dans la grande pièce, il faisait vraiment bon. J'étais bien.
J'avais sautillé joyeusement, au milieu des chats, tentant d'oublier le moment où je devrais retourner dans mon clapier.
Mon euphorie passée, j'avais observé ma famille.
J'étais, grandement, étonné par l'indifférence d'Athéna qui, d'habitude, guettait la moindre occasion pour me griffer.
En fait, la troupe féline était occupée par autre chose.
Je me posais, donc, dans un coin de la pièce pour découvrir ce qui se tramait.
Ma Grande Maîtresse s'affairait autour d'une grande boîte.
Elle tirait, poussait les meubles.
Soudain, j'avais compris ce qui intriguait tout ce petit

monde.

Contre le mur, j'avais reconnu ce qui avait été mon logis pendant longtemps. Mais, c'était plus grand, beaucoup plus grand.

Les chats s'étaient allongés à l'intérieur, à tour de rôle. Mais, en mon for intérieur, je savais que la cage était pour moi.

Ce soir-là, j'étais resté au chaud, comme tout le monde, dans la grande pièce.

Ce soir-là, j'avais dormi dans Ma cage, spacieuse et douillette.

Ma Grande Maîtresse m'y avait installé un genre de caisse où je pouvais dormir à loisir, une gamelle d'eau, de céréales, du persil et un compagnon en tissu contre lequel je pouvais dormir la nuit.

C'était agréable. J'avais entendu Loïs dire que c'était un "Lapin crétin".

Crétin ou pas, moi, je l'aimais : il me tenait chaud et je me sentais moins seul dans ma cage, lorsque la Grande Maîtresse qui allait se coucher, recouvrait ma cage, d'une couverture.

Parfois, mon compagnon me servait de rempart car Athéna avait tenté, à plusieurs reprises, de me griffer à travers la grille.

Bien heureusement, je pouvais compter sur la bienveillance de ma Grande Maîtresse. Se rendant compte du danger que la petite peste représentait pour moi, elle avait renforcé le dessus de ma cage d'un grand morceau de carton.

Frustrée, Athéna dormait, néanmoins, au-dessus de ma cage.

Mais, j'étais en sécurité.

Régulièrement, Xéna venait me voir.

Collant son museau contre la grille, j'avais pris pour habitude de rapprocher le mien pour la rassurer. Elle s'allongeait, ensuite, devant la cage en jetant un regard de défi à Athéna.

Je ne craignais rien, elle veillait sur moi.

Mes maîtresses prenaient bien soin de moi et régulièrement, j'avais droit à une cure d'"atibotik".

Souvent, je faisais la somme de mes petits bonheurs.

J'avais une grande cage, à l'intérieur, pour les jours de froid et une maison en bois sur le balcon, pour la douce saison.

J'avais une famille et je mangeais à ma faim. Le Grand Vétérinaire avait encore dit que j'avais pris du poids.

Xéna m'avait d'ailleurs confié que j'étais bien plus agréable à regarder qu'à mon arrivée où j'étais "tout maigrichon".

J'étais profondément heureux de savoir qu'elle faisait attention à moi, mais j'avais écouté ses paroles sans mot dire, comme à l'ordinaire...car elle m'intimidait.

Le grand froid était arrivé.

Nous ne sortions plus autant qu'auparavant sur la terrasse.

Juste une petite sortie, histoire de prendre le frais.

Xéna m'avait expliqué que la Grande Maîtresse tentait de maintenir la chaleur à l'intérieur de la pièce et que pour ce faire, elle devait garder les portes fermées.

Un matin, j'avais senti l'excitation de la troupe féline, pressée de sortir.

Il en était de même pour Loïs qui, cette fois, avait quitté sa chambre avec précipitation. Elle s'était hâtée d'ouvrir les volets et avait poussé un cri de joie : « Il neige !!! »

Je ne connaissais pas ce mot, alors j'avais collé un peu plus mon museau aux barreaux de ma cage. J'avais tenté de voir ou du moins, d'apercevoir ce qui causait toute cette effervescence.

Une luminosité inhabituelle auréolait la grande pièce et un silence troublant me parvenait. Même les oiseaux au dehors n'émettaient aucun bruit, ce qui ajoutait encore plus au mystère.

C'est ma Grande Maîtresse qui avait mis fin à cette insoutenable attente.

Elle était venue me libérer et j'avais alors bondi hors de ma cage, impatient de découvrir ce qui captivait tout mon monde.

En arrivant aux abords de la terrasse, j'avais été stoppé net dans mon élan par une vaste étendue blanche et scintillante comme les étoiles de la nuit.

J'avais déjà vu cela dans ma cage au fond du jardin mais

pas d'aussi près.

Timidement, j'avais approché ma patte pour toucher cette poudre dans laquelle Xéna s'enfonçait doucement. Je la voyais secouer chacune de ses extrémités pour se débarrasser de "la neige".

C'était froid et "ça" fondait rapidement à notre contact. Il était, donc, impossible d'en garder un peu.

Je léchais ma patte pour enlever les gouttes qui perlaient. "ça" avait le goût de l'eau mais en plus agréable.

Je ne m'étais pas aventuré à aller plus loin que le rebord de la porte de peur d'être englouti bien malgré moi.

J'avais préféré regarder ma Douce s'amuser à laisser ses empreintes dans "la neige". Elles étaient fines et délicates à l'image de Xéna et à chacune d'elles, un léger craquement se faisait entendre.

Loïs, elle, était occupée à former des petites boules régulières qu'elle écrasait entre ses mains et qu'elle lançait au loin.

C'était étonnant de constater l'effet de cette matière blanche sur l'humeur de tous ceux qui y touchaient. Même les jardins autour étaient paisibles.

J'étais heureux. J'avais l'impression d'être seul au monde avec ceux que j'aimais par-dessus tout et je les contemplais dans ce magnifique et blanc paysage.

Le lendemain, la neige était partie...

J'avais hâte qu'elle revienne.

XI

Les jours passaient, heureux et paisibles, au rythme des sorties que j'attendais impatiemment.
Lorsque j'étais dans ma cage, les fois où je ne dormais pas, j'observais ma Grande Maîtresse. Je réfléchissais à la manière de lui montrer ma reconnaissance.
J'avais constaté que les chats venaient régulièrement se frotter contre elle, en émettant un bruit bien propre à eux. Je l'avais, ensuite, vue prendre leur tête entre ses mains et les embrasser.
Xéna m'avait expliqué que le front contre front était devenu un rituel d'affection.
Je ne savais pas ce qu'était l'affection mais lorsqu'après avoir frotté ma tête sur sa jambe, ma Grande Maîtresse avait longuement posé sa main sur mes oreilles et mon dos, je m'étais senti différent, fort et vivant.
Je ne savais pas ce qu'était une caresse. Mais, aujourd'hui, je pouvais le dire : quelle vie misérable j'avais eue, avant.
C'était devenu mon rituel du soir. Lorsqu'elle regardait la boîte à images, je m'approchais timidement et je posais ma tête sur son chausson. Il m'arrivait même de m'endormir comme ça, pendant quelques instants.

C'était sa main aimante et douce qui me réveillait. Alors, je repartais, parfois, sous l'arbre à chat, parfois sur le balcon. Là, j'admirais le ciel étoilé, tout comme Xéna, Athéna et Seya.

C'était magnifique.

Jamais, je n'avais connu ce sentiment de plénitude. Mais, aujourd'hui, je pouvais le dire...

Quelle vie misérable j'avais eue, avant.

Sur le balcon, j'avais compris qu'en dessous, il y avait le vide. Je ne voyais pas très bien, mais mon instinct m'indiquait qu'il ne fallait pas que je m'approche trop près du bord.

"Instinct de survie", les reportages développaient beaucoup cette notion quand ils parlaient des animaux...

Ma Grande Maîtresse veillait aussi à ce que je n'aille pas trop loin, prête à bondir à la moindre de mes bifurcations. J'aimais sentir qu'elle avait peur pour moi, qu'elle tenait à moi.

Je voyais les jours et les nuits se succéder ainsi, inlassablement.

Mais un matin, je m'étais réveillé en sursaut.

L'ambiance était électrique, tendue.

Le museau collé à la grille, j'essayais de comprendre ce qui se tramait. Mais, aucun des chats ne venait vers moi pour me dire ce qui se passait. J'allais d'un bout à l'autre de la cage, montrant mon impatience et espérant que Xéna la remarquerait.

Mais, l'heure semblait grave. Alors, j'attendais.

Mes gamelles avaient été remplies, ma litière changée. J'avais eu des caresses. Le canapé avait été recouvert d'une couverture.

A travers les barreaux de ma cage, j'avais vu ma Grande Maîtresse et Loïs tirer comme des grosses boîtes.

La porte d'entrée s'était refermée. Puis, le silence.

D'ordinaire, lorsqu'elles partaient, les chats les accompagnaient jusqu'au seuil puis retournaient se prélasser.

Mais là, j'avais senti leur inquiétude. Ils restaient tous trois prostrés dans l'entrée, le regard fixe. Comme s'ils attendaient déjà leur retour.

Je m'étais cramponné à la grille, le museau écrasé, cherchant à attirer l'attention de Xéna.

Enfin, elle m'avait vue. Elle s'était approchée, rapidement, à petites foulées, délicate et délicieuse. Je laissais échapper un soupir. Qu'elle était belle...

Xéna avait ajouté un nouveau mot à mon vocabulaire.

"Vacances". Si j'avais bien compris, cela consistait pour les humains à quitter leur logis pendant un temps indéterminé, en emportant avec eux, des effets personnels.

Le but de cette entreprise m'échappait totalement. Mais, ce

qui était évident, c'est que nous allions être seuls pendant plus ou moins longtemps.

Néanmoins, une question restait sans réponse, pour moi.

Comment allions-nous nous débrouiller en leur absence?

Je me disais qu'il fallait se rationner au cas où les maîtresses tarderaient à revenir.

Je me voyais retourner à l'époque où je ne mangeais pas à ma faim.

Alors que Xéna s'était allongée devant ma cage, je commençais à lui faire part de mon plan quant à la manière de gérer la nourriture.

Manger une fois par jour semblait être la meilleure des solutions.

Alors même que je commençais à questionner Xéna sur leur ration quotidienne, je l'avais vue tourner lentement sa tête vers moi et me dévisager de ses grands yeux dorés.

Elle m'avait traité de "gros bêta" en me rassurant.

Les maîtresses avaient tout prévu : quelqu'un viendrait s'occuper de nous, en leur absence.

Grand était mon soulagement en entendant ses mots et immense, ma honte d'avoir osé imaginer que nos maîtresses nous auraient ainsi abandonnés.

Mais, je n'avais pas oublié mes souffrances d'antan et je savais que les humains étaient capables du pire comme du meilleur. Alors, la peur d'être déçu l'avait emporté sur la confiance que je pouvais avoir en elles.

Ce qui me faisait penser : quelle vie misérable, j'avais eue avant...

XII

Ainsi, le Grand Noir, que j'avais vu le premier soir de mon arrivée dans la famille de ma Grande Maîtresse, était celui qui s'occupait de nous, pendant les "vacances".

Je dis "noir" car j'avais pris conscience des différentes couleurs des humains. Apparemment, ce qui chez les animaux ne posait pas problème était source de conflits, de cruauté chez eux.

Les Hommes pouvaient aller jusqu'à tuer pour des histoires de couleurs.

J'avais, donc, compris en regardant la boîte à images que le "noir" pouvait représenter une difficulté chez certains humains. Moi, ça ne me posait aucun problème.

Le Grand Noir qui s'était avéré être le frère de ma Grande Maîtresse était doux dans ses gestes, lorsqu'il me sortait de la cage.

Il était immense. J'étais impressionné. Tant et si bien que je n'avais pas osé me dégourdir les pattes comme à l'ordinaire.

Alors, je m'étais laissé caresser, sans bouger d'un poil.

Mais, je n'étais pas le seul à être intimidé par le Grand Noir.

J'avais remarqué que Seya disparaissait dès lors qu'il entendait la clé dans la porte. Souvent, il réapparaissait une fois que le Grand Noir était parti.

En fait, il n'était pas intimidé, il était terrorisé.

Alors qu'il jouait le séducteur auprès de la gent femelle (note de l'auteur: on écrit bien gent sans "e" !), Seya avait une peur bleue des hommes.

Jamais, il ne s'était épanché sur cette crainte…

Xéna, comme à son habitude, jouait les charmeuses et Athéna, à mon grand étonnement, ne faisait preuve d'aucune animosité.

Chaque jour, le grand frère venait nous donner à manger et à boire. Petit à petit, je m'étais habitué à ses visites quotidiennes et j'étais confiant.

C'était notre récréation : je me dégourdissais les pattes pendant que les chats mangeaient du "saucisson". Encore une chose que j'avais découverte grâce à la boîte à images.

Le Grand Noir avait fini par apprivoiser Seya.

Progressivement, il s'était approché, méfiant mais attiré par l'odeur de la nourriture inédite.

Ce rituel nous avait presque fait oublier l'existence même de nos maîtresses.

Alors quand un jour, l'heure du divertissement était passée et que notre nouveau maître ne s'était toujours pas présenté, nous nous étions sentis perdus.

Mes trois acolytes attendaient, patiemment, devant la porte, sages et silencieux.

Soudain, dans un brouhaha de caisses et de sacs, nos deux

maîtresses étaient entrées.

Ma cage avait été ouverte de suite et j'avais accueilli leurs caresses avec gratitude.

Ce soir-là, les chats avaient dormi dans les chambres et non dans la grande pièce à vivre, avec moi.

L'air était doux et j'avais été mis dans mon clapier.

J'étais seul mais j'avais dormi sereinement : je voyais le ciel étoilé au-dessus de moi et mes Maîtresses étaient de retour.

XIII

Les choses étaient revenues à la normale.
Le retour de nos maîtresses signifiait changement de litière pour tous.
Les trois caisses de chats, ma cage et mon clapier avaient été, méticuleusement, nettoyés, éliminant de suite les odeurs d'urines et de crottes.
Pendant ce grand ménage, nous étions tous dans le salon à regarder nos maîtresses s'affairer.
Jour de litière voulait aussi dire jour de courses.
Je n'avais pas mangé de persil, de coriandre, ni de pâtées pour chats depuis bien longtemps.

A son retour, la Grande Maîtresse s'était allongée dans le canapé pendant que Loïs rangeait les provisions.
Xéna et moi, curieux, essayions de voir dans les sacs s'il y avait quelque chose pour nous.
J'avais senti le doux parfum de la coriandre et des fanes de carottes. Quant à ma douce, elle s'était sagement assise, à côté du carton de pâtées, attendant l'heure du repas.
J'allais gratouiller la jambe de la Grande Maîtresse, histoire d'accélérer les choses.

Elle s'était levée de suite.

Quelques instants plus tard, je mangeais goulûment ma coriandre accompagnée d'un morceau de pommes et les chats savouraient leurs repas.

Repu, je m'étais affalé de tout mon long sur le côté, prêt à m'endormir.

Du coin de l'œil, j'avais vu Xéna, Athéna et Seya aller sur le balcon. Eux aussi allaient se prélasser.

XIV

J'aimais cette vie. Tout y était calme, paisible. J'étais en sécurité. Rien ne pouvait m'arriver. Je vivais, tranquille, au milieu des chats, eux que j'avais craints au début. Rien ne pouvait venir perturber cet équilibre.
À priori...
Par un jour ensoleillé, un quatrième félin avait fait son apparition.
C'était un jeune surexcité, long et fin, aux gestes brusques et même violents.
Rien à voir avec le reste de la troupe qui le regardait, d'ailleurs, d'un œil méfiant.
Xéna s'était approchée, reniflant l'étranger. Puis, calmement, elle s'était assise à côté de lui, attendant de voir sa réaction.
Il n'avait pas bougé d'un poil et semblait craindre la doyenne.
Athéna, sans surprise, l'avait accueilli en crachant.
Il était venu accompagné d'une grande brune qui avait l'air d'être gentille.
Seya avait, donc, complètement ignoré le nouveau, préférant faire le beau devant elle. Elle le caressait, vantant son physique avantageux et sa douceur. Il en bavait de

plaisir.

J'avais écouté sa présentation du jeune chat qui, apparemment, avait été abandonné et retrouvé seul dans un champ.

Il s'appelait Coco.

Noir, fin, j'enviais son élégance.

Il avait fini par me voir et commençait à roder autour de la cage, collant son museau contre la grille. Moi, je m'étais ratatiné dans un coin où il ne pouvait pas m'atteindre.

Je craignais le coup de griffes. Alors qu'il avait posé sa patte sur les barreaux, je les avais vues : longues et acérées.

Il me faisait peur : je le sentais curieux et imprévisible.

La grande brune disait de lui qu'il était agréable et facile à vivre. J'avais deviné qu'elle partirait sans lui.

Le temps pour ma Grande Maîtresse et la grande brune de se dire "au revoir", nous étions restés seuls.

J'avais, de suite, cherché Xéna du regard. Comme je l'avais deviné, il avait tenté de m'attraper avec ses griffes. Je m'étais recroquevillé autant que j'avais pu, mais, il avait, tout de même, réussi à effleurer une de mes oreilles. J'avais senti un léger picotement.

Alors qu'il continuait à agiter sa patte, Xéna était arrivée. Elle lui avait asséné une rafale de coups qui l'avait fait fuir et émettre des petits cris plaintifs.

Si la communication était facile avec ma tribu, concernant Coco, je ne percevais rien. Aucun message, aucun signal.

Xéna m'avait expliqué qu'il était trop jeune et que ses facultés de communication n'étaient pas encore assez mâtures, mais par-dessus tout, elle pensait qu'il n'avait, peut-être, pas toute sa tête.

Je ne comprenais pas cet état de fait. Alors, Xéna, comme à son habitude, m'avait exposé les faits.

Elle disait qu'il avait un comportement inadapté, qu'il ne connaissait pas les codes et qu'il se souciait peu des conséquences de ses actes.

Le portrait que Xéna m'en avait dressé, rendait Coco, antipathique et même dangereux.

Alors, je décidais qu'il valait mieux, pour moi, l'éviter.

Les premiers temps, il était plutôt sournois : il attendait que je sois isolé pour tenter de me donner des coups de griffes.

Bien évidemment, il visait les yeux.

Mais, heureusement, j'avais assez de vivacité pour lui tourner le dos au moment de son attaque.

Il avait rarement l'occasion de me donner un deuxième coup puisque Xéna ou la Grande Maîtresse arrivait à temps.

Mes sorties quotidiennes étaient devenues angoissantes et j'en redoutais même le moment.

Jusqu'à un certain jour... plus précisément, le jour de ménage.

C'était une épreuve pour les chats de la maison. Et moi, je l'avais passée haut la main. C'était ce qui m'avait, entre autres, valu leur respect.

Alors que la Grande Maîtresse armait la terrible machine, toute la petite troupe était partie se cacher, sauf Coco. Lui était bien trop occupé à courir, avec frénésie d'un bout à l'autre de l'appartement, tirant la langue, à chacune de ses pauses, les yeux exorbités.

La Grande Maîtresse avait déjà remarqué que je n'avais aucune crainte, au moment du grand ménage, alors elle me laissait en liberté.

Alors que Coco s'approchait de moi, la Grande Maîtresse s'était amusée à mettre en route le "monstre".

L'effet avait été immédiat. Il avait détalé, en quatrième vitesse. Sa queue si fine d'ordinaire, avait triplé de volume.

La scène m'avait transporté de bonheur.

Alors que la machine avalait tout sur son passage, je faisais tranquillement ma toilette, seul, au soleil.

Le silence revenu, les quatre félins étaient, lentement, sortis de leur cachette.

À ma grande surprise, Coco s'était placé près de moi, calme et ne montrant aucune animosité.

J'étais resté assis sur mes pattes arrières, prêt à m'enfuir en cas de problème. Mais, je n'avais pas bougé. Je voulais lui montrer que, non seulement je ne craignais pas la machine mais, en plus, je n'avais pas peur de lui.

Depuis ce jour, j'avais eu tout son respect.

XV

Ma Grande Maîtresse avait sorti la cage bleue de son placard et c'était synonyme de visite chez le vétérinaire, pour l'un d'entre nous.
En l'occurrence, moi.
Encore moi.
Ces derniers temps, j'avais été examiné à plusieurs reprises par le grand vétérinaire. Deux fois pour une blessure à l'œil qu'Athéna m'avait infligée et une autre pour une griffe retournée alors que j'avais joué à cache-cache avec elle.
Et oui, tout était possible dans notre monde.
Athéna, avec le temps, était arrivée à tolérer ma compagnie.
A petite dose, mais tout de même.
Dans ses jours de bonne humeur, elle jouait avec moi. Mais, il me fallait être vif pour éviter certains de ses débordements et il m'arrivait, donc, parfois d'être blessé.
Ainsi, un cache-cache autour d'un carton constituait, pour nous, une grande distraction.
Néanmoins, ma Grande Maîtresse, par souci de protection envers moi, avait vite mis fin à ces séances de jeu.

Je ne comprenais pas le but de la visite de ce jour. Mais, de toute façon, je n'avais pas mon mot à dire...

J'avais, donc, été placé dans la cage bleue et emmené chez le Grand Vétérinaire.

De sa main douce et assurée, il m'avait, comme les précédentes fois, examiné avec soin.

J'avais été surpris de constater qu'il s'était attardé sur mes parties intimes. Je l'avais entendu parler de "grosseur".

J'avais, soudainement, ressenti une certaine inquiétude chez ma Grande Maîtresse. Me concentrant sur leur conversation, je n'en avais pas saisi le contenu.

Le mot "tumeur" était revenu à plusieurs reprises , mais j'ignorais ce que ça pouvait être.

Peu importait. Xéna serait sûrement capable de m'éclairer sur le sujet.

Comme à chaque retour de visite, la petite troupe était venue m'entourer pour savoir si tout allait bien.

J'avais à peine eu le temps de répondre que je n'avais déjà plus leur attention. L'heure du repas avait sonné.

XVI

Le temps de la digestion me permettait de profiter d'une accalmie et par la même occasion, d'interroger Xéna.
Je lui faisais le compte-rendu de la séance chez le vétérinaire.
Alors que j'attendais des précisions sur les mots inconnus que j'avais entendus, elle était restée silencieuse.
Après un grand soupir, elle m'avait expliqué la maladie, la souffrance, la mort.
Cette annonce m'avait rendu vulnérable.
Maintenant que je savais, je me sentais différent et j'avais, de nouveau, peur de souffrir.
Xéna avait continué en précisant qu'il y avait des solutions à la maladie.
Elle avait utilisé le mot "traitement", la notion de "bénéfice-risque".
Elle disait qu'au vu de ma taille et de mon âge, le "traitement" me ferait plus de mal que de bien.
Bien sûr, je n'étais pas bien gros comparé à eux, mais mon âge, comment pouvait-elle en avoir connaissance? Moi-même, je n'en avais aucune idée...
Elle m'avait alors confié que les maîtresses en avaient parlé

les premières fois où j'étais allé chez le Grand Vétérinaire. Il avait dit que j'étais vieux. Apparemment, plus vieux qu'elle.
Je prenais, brusquement, la place de doyen et comprenais, alors, que c'était ce qui me valait, aussi, le respect de la troupe.
Xéna avait approuvé cet état de fait en ajoutant que j'avais souffert plus qu'eux tous réunis.
C'était bien beau tout ça, mais, qu'est-ce que j'allais devenir, maintenant que je savais que j'étais malade? Quel allait être mon avenir?
J'étais perdu.
Bien que Xéna ait été à mes côtés, je m'étais sentais seul comme jamais je ne l'avais été.
Moi qui avais réussi à intégrer un groupe de chats, je me sentais affaibli...
Mes perspectives d'avenir étaient réduites et j'avais, maintenant, peur de perdre mes privilèges, malgré tout. J'avais, aussi, peur d'être à nouveau, une proie.

Plus tard, Xéna était revenue prendre de mes nouvelles. Comme à l'ordinaire, j'avais approché mon museau du sien, à travers les barreaux, pour la rassurer.
Nous nous étions allongés, tous deux, au plus près de la paroi de la cage, afin de discuter tranquillement.
Xéna avait attendu que je brise le long silence qui s'était installé.

Je lui avais demandé ce qui allait changer pour moi. Elle semblait en savoir tellement plus.

Elle avait un air et un ton qu'elle n'avait jamais eus.

Lentement et solennellement, elle m'avait appris que ma vie allait changer. Elle avait ajouté qu'elle ne pouvait pas m'en dire plus.

Selon elle, le moment n'était pas encore venu et je n'étais pas encore prêt.

Prêt à quoi???

Mais, elle avait refusé de répondre.

Devant mon insistante curiosité, elle s'était éclipsée, me laissant seul avec mes questions.

Pendant quelques temps, elle m'avait évité.

Alors, je m'étais résigné. J'irais vers l'inconnu. Seul.

Je commençais à ressentir les effets de la maladie : je dormais beaucoup plus qu'avant et je commençais à avoir des douleurs un peu partout. Malgré tout, mon appétit était toujours là.

Je n'étais pas retourné chez le Grand Vétérinaire, à mon grand étonnement.

Puis, un jour, Xéna était revenue vers moi.

Elle m'avait manqué.

Elle m'avait dit que j'étais prêt.

J'avais hâte de savoir mais je n'avais rien dit, craignant de la faire fuir. Alors je l'avais écoutée.

« Dieu nous a envoyés en d'autres temps sur Terre pour

servir les hommes, à titre de vêtements, de nourriture, de véhicules... En d'autres temps...

Or, aujourd'hui, l'Homme est arrivé à une avancée telle, qu'il ne lui est plus nécessaire d'user de nous, ainsi.

Aujourd'hui, la cruauté de l'Homme est à son apogée, à notre égard car l'usage qu'il fait de nous est souvent superflu.

Alors, Dieu nous a fait témoins des actes des humains. Nous sommes envoyés parmi les humains pour rendre compte de leurs actes.

Ainsi, il est dit :

"*[...]Et Il envoie sur vous des gardiens. [...]*" (Coran, Sourate 6, verset 61)

et aussi :

"*[...]alors que veillent sur vous des gardiens, de nobles scribes. [...]*" (Coran, Sourate 82, verset 10-12)

Ce qui veut dire que des Anges enregistrent toutes les actions humaines, bonnes ou mauvaises, dissimulées ou pas.

Nous Les aidons dans le recueil des informations.

Ce privilège, bien qu'éprouvant, était, à la base, celui des chats à cause de notre histoire.

Sous couvert de chasse aux sorcières, les chats, plus précisément les chats noirs ont subi l'ignorance et la soif de sang des hommes.

Dieu, pour les punir, a fait fondre sur eux la peste, ceux qui ont continué à protéger les chats étant épargnés.

Dieu a vu, dans cet acharnement, un moyen de distinguer les bons des mauvais. Il nous a, progressivement, donnés sa confiance en nous accordant le don de voir la mort en tout être aussi bien humain qu'animal.

Par conséquent, lorsqu'une maladie mortelle commence à gagner un corps, les chats sont à même de le ressentir.

En ce moment même, je peux te dire que la fatigue et les douleurs que tu ressens sont bien liées à ta tumeur...

Les hommes détruisent peu à peu le monde que Dieu leur a concédé, alors que nous pourrions y vivre en parfaite symbiose. Ils se prennent eux-mêmes pour Dieu.

Ils ont la connaissance mais ne savent plus en disposer à bon escient.

Ainsi, l'équilibre entre les différents éléments qui constituent leur monde est fragile.

Il semblerait que la part d'humains qui se bat pour préserver ce monde n'arrive plus à convaincre notre Dieu qu'il peut encore intervenir et sauver leur planète.

Néanmoins, nous tentons de Le dissuader de les abandonner car nous sommes témoins de la bonté et des risques, parfois au prix de leur vie, que certains prennent pour nous défendre...

Lorsque notre temps sur Terre prend fin, Dieu nous ramène à Lui.

Il dispose, à ce moment, de toutes nos informations

récoltées sur la destinée des humains que nous avions à charge.

C'est à ce moment que nous essayons de mettre en avant les bonnes actions de nos bienfaiteurs.

Les animaux ont tous la faculté de s'adapter et de se faire aimer des Humains.

Nous avons, ainsi, le pouvoir d'influer sur leur nature, en touchant leur cœur mais, ce n'est pas toujours le cas.

Il est, alors, préférable d'avoir affaire à de l'indifférence mais beaucoup ne s'en contentent pas, faisant de nous des souffre-douleurs...

Tu sais, je viens de la rue.

Rien de moins sûr que cela quand tu es jeune et sans expérience. J'ai connu ma mère, mes frères et sœurs. Et nous avons été recueillis par des familles aimantes.

Mais tous n'ont pas cette chance.

Toi, tu as souffert et la destinée t'a mené à nous.

La bataille qu'a menée notre Maîtresse pour te sauver a développé chez elle des sentiments bien plus forts que ceux qu'elle a pour nous.

Son engagement pour te garder auprès d'elle a fait ressortir le meilleur d'elle-même. Aussi, Dieu a posé son regard sur toi.

Chaque jour, Il a vu ta souffrance, mais aussi, ton endurance, ta reconnaissance pour cette vie qui t'a été offerte.

C'est la raison pour laquelle tu as été désigné.

Mais tu es en droit de refuser, de mourir, ici, auprès de nous, de ta maladie...

Ou d'accepter d'œuvrer pour Dieu et d'être libéré de ton mal.

Tu devras, alors, renoncer à ce monde, rejoindre l'Au-delà et Ceux qui, à travers les Hommes qui sont bons avec nous, nous défendent...

Alors, qu'en penses-tu ?

Dieu t'offre l'opportunité d'élever les tiens, les lagomorphes mais aussi la race animale. Nous sommes actuellement maltraités et subissons la folie des hommes mais tu as été choisi pour délivrer un message...

Je t'ai dit tout ce que je savais...

Et, j'ai la conviction que c'est essentiel ...

Tu dois donner une réponse assez rapidement car la maladie se répand rapidement et sûrement dans ton organisme et tu deviendrais peu à peu trop faible pour supporter le processus.

Tu risquerais, également d'être exposé au traitement étant donné que ta maîtresse refusera, probablement, de te perdre, bien que son bon sens semble s'y opposer.

Mais, de même, pour que le processus puisse opérer, ton corps ne doit pas être éprouvé par les thérapies chimiques ou médicamenteuses...

Alors ?...

Que décides-tu ? Préfères-tu rester auprès de ta Grande Maîtresse?

Dis-toi que c'est une façon de lui faire honneur pour le combat qu'elle a mené pour toi.

Je te laisse réfléchir, mais tu dois répondre rapidement : un corps altéré par la maladie manquerait de force pour supporter le processus. Et surtout, tu ne pourrais plus servir notre cause. »

Le silence était revenu. Je n'osais pas respirer.

J'étais stupéfait. Xéna m'avait transmis la connaissance absolue.

Je n'avais pas tout compris mais les grandes lignes m'avaient indiqué l'importance de mon rôle.

Je pensais à tout ce chemin parcouru, du fond de ma cour, seul, sans aucune idée de la complexité de ce monde... à ce foyer, entouré des plus improbables amis.

Je me disais que j'avais vécu tant de choses...

Je devais prendre une décision...

A vrai dire, elle était déjà prise.

C'était comme si j'avais à choisir entre la douleur et les fanes de carottes.

Et puis, je n'allais pas interrompre une telle ascension.

Xéna se tenait toujours à mes côtés. Elle attendait ma réponse.

Mais, une idée sombre avait, brusquement, traversé mon

esprit, laissant place, aussitôt, à une profonde tristesse.

J'allais devoir quitter mes amis, aussi… et ma douce Xéna.

J'avais toute ma vie manqué d'affection, d'amour, de caresse et aujourd'hui que j'avais tout cela, il me fallait y renoncer.

Mais, j'aimais suffisamment ma Grande Maîtresse pour ne pas penser à moi.

Je voulais bien devenir son héros comme elle avait été le mien.

Et puis, je ne me voyais pas décevoir Xéna.

C'était le bon moment pour lui montrer que j'étais digne d'elle!!!

Après une grande inspiration, je me lançais.

« Je regarde derrière moi, et jamais, le petit être que je suis, n'aurait imaginé avoir une telle vie.

J'étais, déjà, bien heureux de me trouver dans un tel foyer, avec vous tous, comme amis. Mais, aujourd'hui, qu'on me propose de faire partie des messagers de Dieu…

Je n'en comprends pas tous les enjeux mais j'en serais vraiment honoré et par conséquent, je le serais aussi, de représenter les miens, la race animale et même humaine.

A vrai dire, je serai fière de défendre tout simplement la Vie. »

J'étais bouleversé. Jamais, je n'avais connu telle émotion.

Mais, aujourd'hui, je pouvais le dire…

Non, je ne pouvais plus dire que j'avais eu une vie misérable car c'est cette vie même qui me permettait d'apprécier, maintenant, chaque seconde passée.

Je ne pouvais plus voir dans mes précédentes vies, juste la souffrance et la solitude. Elles m'avaient forgé et rendu plus fort.

Elles étaient ce qui faisait que j'étais accompli et heureux aujourd'hui.

L'adversité, la maladie vous endurcissent et lorsque vous en sortez indemnes, votre cœur est plus grand qu'avant.

Vous n'avez plus peur pour vous, mais pour les autres.

Alors, oui, je serai un guerrier… Hum… un messager suffira amplement… bien que dans les films des hommes, il était coutume de le tuer, lorsqu'il était porteur de mauvaises nouvelles.

En regardant ma Grande Maîtresse et Loïs préparer nos gamelles et nous faire des câlins, j'étais sûr de faire le bon choix mais je n'en menais pas large…

XVII

Les jours qui avaient suivi, mon humeur était fluctuante.
J'étais tantôt euphorique, tantôt mélancolique.
Je pouvais trouver le monde qui m'entourait, totalement enchanteur.
Il fallait dire que la vue du balcon y était, alors, pour beaucoup. Le temps était au beau fixe et les jardins aux alentours mettaient en scène des arbres fruitiers chargés d'oiseaux guillerets et sûrement gourmands. En contrebas, l'eau d'un éventuel ruisseau achevait de donner un côté charmant à la scène.
A ce moment, j'étais comblé, satisfait de ma destinée et reconnaissant. J'étais presque dans un état d'insouciance que j'aurais pu qualifier de paix intérieure. J'étais complètement épanoui.
Et puis parfois, j'étais préoccupé.
Je me demandais quel était réellement mon destin.
Qu'est-ce que voulait dire le Destin même, à ce moment ?
N'était-il pas la somme de hasards et de choix ?
Mais alors, avais-je réellement le choix ?...
J'étais arrivé à la conclusion que j'avais, finalement, eu deux possibilités et que j'étais Maître de mon Destin. J'avais

choisi selon mon bon vouloir.

Lorsque j'avais de telles réflexions, je me rendais compte que je n'étais plus ce petit lapin, naïf et sans défense que j'étais à mon arrivée.

Il était indéniable que j'avais un regard nouveau sur le monde et mes amis félins y étaient pour beaucoup.

En dehors de ces états d'âme, je continuais à profiter de ma vie.

Xéna me protégeait plus que d'ordinaire.

J'avais, encore plus qu'auparavant, ce sentiment d'unicité.

Ça en était presque grisant…

Je dis "presque", car un autre point restait obscur.

Comment Dieu allait-il me ramener à Lui ?

XVIII

Le moyen qui allait être utilisé pour quitter ce monde était devenu mon obsession.

Chaque simulacre de danger représentait, pour moi, une éventuelle porte vers le Divin.

Ainsi, un jour où je gambadais sur le balcon, le chien de la voisine avait fait son apparition.

Les balcons étaient délimités par une séparation en verre épais, à travers laquelle, rien ne pouvait être discerné.

Sur un des côtés de celle-ci, il y avait un petit espace où régulièrement, notre voisin canin, Zig, venait coincer son museau pour nous renifler et peut-être nous saluer. Malgré son imposante stature, il n'était pas bien méchant et je craignais plus notre petite peste, Athéna, que lui.

À l'affût du moindre indice susceptible de me renseigner sur mon futur voyage, je m'étais imaginé que Zig était peut-être la réponse à mes questions. Je ne voyais pas comment mais il pouvait être mon ticket vers l'au-delà.

Après tout, un coup de croc et hop là…

Fort heureusement, ce scénario, qui ne m'enchantait guère, n'était pas le bon.

D'ordinaire indifférente à ses manifestations (Zig émettait un bruit rauque qui avait pour but d'attirer notre attention), Xéna se montrait particulièrement agressive envers le pauvre chien depuis que j'avais pris ma décision.

Elle mettait toute son énergie à le faire fuir.

Toutes les techniques d'intimidation y passaient : grognements des plus gutturaux, crachats démonstratifs, coups de pattes, de griffes dans sa direction.

Zig ne faisait guère le poids et repartait aussi vite qu'il était arrivé.

Cette option éliminée, j'en avais trouvé une autre.

Plusieurs jours de suite, j'avais remarqué un oiseau noir, très bruyant, sur le toit.

Plus tard, Seya m'avait appris que c'était un corbeau.

Tout à mon envie de résoudre l'équation de mon obsession, je m'imaginais être kidnappé par l'oiseau et lâché en plein vol. C'était une possibilité mais c'était sans compter sur la pugnacité des quatre chats du logis.

Chacun à son poste fixait, sans relâche, le corbeau devenu soudainement silencieux. Finalement, il s'en était allé.

Qui aurait pu tenir tête à cette armée ?!!!

XIX

Le temps passait et je m'étais résigné à attendre, sagement, le jour J.
J'avais le choix de ma destinée mais Dieu se réservait encore le droit de me surprendre.
Alors, j'en avais profité pour m'informer, m'instruire.
Ainsi, j'avais vu dans la boîte à images, un reportage sur les bars à chats.
Impensable...
Le principe du bar à chats consistait à les regrouper, en un endroit de bien-être, avec les humains.
Pour certains, c'était un moyen de se détendre, dans la mesure où le "ronronnement", bruit sourd que je les avais si souvent entendu émettre, avait des vertus apaisantes !!!
Pour d'autres, c'était une alternative à l'impossibilité d'adopter un chat.
Xéna avait raison : les chats avaient un certain pouvoir sur les hommes.
Pour preuve, j'avais vu une autre émission dédiée aux chats, qui amusait beaucoup ma Grande Maîtresse, d'ailleurs.
Le concept de ce programme était de révéler la vie cachée des chats. Ceux-ci étaient suivis à leur insu, par des

humains, pendant leur déplacement.
Quelle drôle d'idée...
Et le respect de la vie privée ?...
Alors que je m'abreuvais de toutes ces émissions, j'étais frappé par la quasi suprématie des chats.
Tout était mis en œuvre pour éduquer l'Homme : explications sur l'alimentation, les jeux, les soins vétérinaires de ces "adorables boules de poils".
C'était l'assurance pour toute la communauté féline d'influer sur certaines maltraitances involontaires. Et je voulais la même chose pour celle des lapins...
Dieu m'avait offert d'échapper à mon destin et d'élever les miens.
Cela faisait écho, en moi.
C'était la possibilité de venir en aide à mes congénères, si incompris.
Je ne devais pas être le seul à avoir souffert.
Nous, Lapins, n'étions pas en capacité de miauler, de cracher et de nous défendre comme les chats.
Alors, je voulais que l'humain nous porte le même intérêt, que notre bien-être soit aussi leur priorité.
Plus le temps avançait et plus j'étais déterminé. Il me fallait être la voix des Lapins...
En tout cas, j'avais compris que la connaissance et l'éducation étaient la clé.
J'étais, maintenant, obsédé par cette cause.

XX

L'heure du repas était arrivé et comme à mon habitude, j'avais fait toutes les gamelles de chats et grignoté quelques croquettes.

Il faisait doux. La nuit était belle. Nous étions tous sur le balcon à digérer tranquillement.

La Grande Maîtresse venait, de temps en temps, voir si tout se passait bien.

Et tout allait bien.

J'étais allongé de tout mon long, près de Xéna, occupée à faire sa toilette avec soin.

Athéna se roulait par terre, à nous en donner le tournis.

Seya se prélassait tranquillement sur la table de jardin.

Et Coco chassait les moustiques avec sa fougue si particulière.

Réalisant que le temps m'était peut-être compté, je rompais le silence pour interroger Xéna.

Je lui demandais, alors, ce qui avait commencé à me tracasser depuis peu : comment allions-nous rester en contact ?

Je n'osais imaginer... la perdre.

Avec ce calme qui lui était caractéristique, elle m'avait

expliqué que les choses seraient différentes mais qu'elle ne pouvait pas m'en dire plus.

Alors que j'étais prêt à l'assaillir de questions, elle m'avait demandé de me calmer en m'assurant qu'il ne fallait pas que je m'inquiète.

Devant mon insistance, elle m'avait presque menacé de ne plus m'adresser la parole.

Ayant en mémoire la fois où elle n'avait cessé de m'éviter, je m'étais assis à ses côtés, sans lutter.

Elle avait terminé en me suppliant d'être patient.

J'avais voulu lui parler de ma nouvelle obsession, mais je m'étais ravisé.

Un peu contrarié, je décidais, donc, d'aller me dégourdir les pattes.

Histoire de ne pas déranger le reste de la tribu, j'étais passé par un petit chemin que je n'avais jamais emprunté. De toute façon, je n'avais pas trop envie de discuter.

J'avais envie d'être seul. Et tout s'y prêtait.

Au-dessus de ma tête, le ciel bleu nuit étoilé était à perte de vue, pas comme dans ma minuscule cage, au fond de ma cour.

Mon œil était peu habitué à la nuit, mais j'arrivais à percevoir que le chemin était étroit.

D'un côté, il y avait le mur de mon clapier, de l'autre la paroi en verre du balcon et juste en dessous d'elle, le vide. Je m'étais allongé de tout mon long, dans ce petit espace, pour profiter du calme de la nuit.

J'étais comme loin de tout. L'esprit apaisé, maintenant.

J'avais fermé les yeux, me concentrant sur le doux bruit du vent léger passant dans les feuilles et l'odeur lointaine d'herbes coupées et humides.

Je commençais à m'endormir, le cœur maintenant léger.

Je décidais d'aller voir Xéna avant de regagner ma cage.

A taton, j'avais pris l'angle du balcon et longé la paroi de mon clapier.

J'avais presqu'atteint la plage de repos des chats lorsque j'avais rencontré un obstacle.

Légèrement bombé, de matière lisse et dure, j'allais devoir sauter par-dessus lui. Mais, je n'avais aucune idée de la surface à franchir.

Je comptais donc sur mes griffes pour me rattraper comme il fallait.

J'avais pris mon élan.

J'avais atterri sur la surface plane mais je n'avais aucune prise sur elle et je ne parvenais pas à m'agripper.

Ma tribu était toute proche mais je me sentais glisser vers l'arrière, malgré mes efforts pour enfoncer mes griffes.

Pas de Maîtresse à l'horizon.

Je tentais désespérément de m'accrocher.

La moitié du corps dans le vide, j'avais trouvé la réponse à mon obsession.

Je n'allais pas finir croqué par notre voisin ou enlevé par cet obscur oiseau.

Néanmoins, je ne pouvais me résoudre à cette fin.

Alors, j'avais lutté jusqu'à sentir la matière dure et froide du balcon sous mes griffes.

J'avais, momentanément, eu une lueur d'espoir car j'avais réussi à m'accrocher mais je n'avais pas la force de me hisser.

J'avais fermé les yeux et détendu mes griffes désespérément crispées.

Puis, je m'étais dit que je pouvais peut-être retomber sur mes pattes.

Seya, dans ses rares moments de sociabilité, m'avait raconté que très jeune, il était tombé du cinquième étage et avait survécu. Il n'avait aucune idée de ce que cinq étages pouvaient représenter mais aux dires de son ancienne famille, c'était très haut. De cette chute, il avait gardé des pattes arrières plus petites mais, comme il m'avait dit, ce n'était pas dérangeant.

Alors, pourquoi pas moi ? Après tout, je faisais partie de leur fratrie, mangeais comme eux, vivais comme eux.

Mon corps avait tournoyé dans le vide.

J'avais réussi à me réceptionner sur le ventre.

J'étais heureux, un instant furtif, de me dire que j'avais déjoué les plans de Dieu, lui-même.

Mais ma joie n'avait pas duré.

Je n'arrivais pas à remuer mes pattes.

J'avais fait des efforts extraordinaires pour les dégager de dessous mon corps et me mettre sur le côté.

Le peu de vue qu'il me restait, commençait à se brouiller. Et la fraîcheur du sol envahissait peu à peu tous mes membres.

XXI

Je m'appelle Albator.

Allongé sur le flanc, je ne pouvais plus bouger mes membres. J'avais senti un goût étrange me monter au museau. J'avais mal à la tête et, affreusement, envie de dormir.

J'avais été, soudainement, aveuglé par la grande lumière de ce plafond que je ne connaissais pas.

Mais, je n'étais plus seul dans la nuit.

Ma Grande Maîtresse était arrivée, en courant.

Je l'avais sentie paniquée, puis désolée. J'entendais sa voix douce et lointaine.

Je me forçais à rester éveillé mais je n'y arrivais pas.

Mes paupières étaient lourdes et mon corps engourdi.

Ma deuxième Maîtresse était là. Plus calme. Elle avait un grand sac à la main.

Je les entendais au loin, discuter entre elles.

Ma Grande Maîtresse m'avait sauvée de ma deuxième vie et je lui étais reconnaissant pour celle qu'elle m'avait offerte.

Je sentais le sol froid contre moi.

Loïs s'était accroupie et m'avait blotti tout contre elle.

Elle avait pris soin de m'envelopper dans un tissu.

Je le sentais, si doux, contre mon museau. Il avait l'odeur de ce foyer qui m'avait accueilli.

Je rassemblais les quelques forces qu'il me restait pour m'enivrer de ce parfum si sécurisant. Après tout, je ne savais rien de mon avenir.

J'allais avoir la plus belle des morts. J'avais l'espace d'un moment cru que j'aurais pu retomber sur mes pattes car j'avais flotté dans les airs, tel un chat, un oiseau.

Je me trouvais dans les bras de Loïs.

Je pensais au soleil qui avait caressé mon corps, à l'eau tiède des bains, à la chaleur de la main de ma Grande Maîtresse sur mes oreilles et... à ma douce Xéna que je quittais sans un au-revoir.

Alors que j'étais tout contre Loïs, je percevais les battements de son cœur.

Je forçais le mien à suivre son rythme. Mais, j'étais fatigué.

Je voyais le ciel étoilé, par la vitre. C'était si beau de le voir encore une fois.

J'étais en compagnie des personnes qui avaient pris soin de moi durant les plus belles années de ma vie. Et je les remerciais pour cette vie unique.

Une douce chaleur s'était emparé de mon corps.

Mes yeux étaient mi-clos mais je pouvais apercevoir une faible lumière. Tout ce qui m'entourait disparaissait peu à peu sous cette lueur qui m'aveuglait progressivement.

Au loin, j'entendais un air que ma Grande Maîtresse avait

déjà écouté.

C'était des mots que je ne connaissais pas mais je comprenais tout.

La voix criait "Le spectacle continue !" ("Show must go on" de Queen, 1991)

Je m'appelle Albator et j'avais oublié que j'étais un lapin.

Jamais, je n'avais connu ce sentiment d'accomplissement.

Mais, aujourd'hui, je pouvais le dire : quelle belle vie, j'avais eue !

Photo : @ironic.rieplay/Pamela Sauvagnat

L'une des légendes autour des neufs supposées vies du chat est un conte hindouiste.

" *Le Dieu Shiva, qui passait par là, fut touché par la grâce de ce chat.*

Mais curieux de tant d'oisiveté, il s'adressa à lui :

- Qui es-tu et que sais-tu faire?

- Je suis un vieux chat très savant et je sais parfaitement compter, affirma le vieux chat.

- Et jusqu'à combien peux-tu compter? lui demande Shiva.

- Mais voyons, je peux compter jusqu'à l'infini, répondit le vieux chat paresseux.

- Dans ce cas, fais-moi plaisir. Compte pour moi, l'ami, compte...

Le vieux chat, en baillant, commença à compter :

- Un... deux... trois... quatre... cinq... six... sept... huit... neuf... qu'il murmura avant de plonger dans un profond sommeil.

Constatant que son ami s'était arrêté à neuf, Shiva décréta :

- Puisque tu sais compter jusqu'à neuf, je t'accorde neuf vies."

(Nathalie Semenuik, page 63, "Chat noir", Ed.Rustica Editions)

Démonstration

"Le chat mange des croquettes"
or
"Albator, le lapin, mange des croquettes pour chats"
donc
"Albator, le lapin, est un chat"...
/
"Le chat a neuf vies"
or
Albator, le lapin, est un chat
donc
"Albator, le lapin, a neuf vies"

CQFD (Ce qu'il fallait démontrer)

I

J'avais les pattes toutes engourdies.

Mais, je me disais que c'était normal, étant donné la chute que j'avais faite.

Une vive lumière blanche m'avait brûlé les yeux. J'avais, alors, eu le réflexe de les refermer.

Sentant, à travers mes paupières, que la lumière était devenue moins forte, j'avais décidé de m'assurer de ce qui se passait réellement.

J'ouvrais, de nouveau, les yeux.

Un grand couloir étroit faiblement éclairé se tenait devant moi mais aussi, derrière moi.

Au loin, j'entendais une femme faire des vocalises.

Et je comprenais sans difficulté ce qu'elle disait.

"*No one on earth could feel like this*

Personne sur terre ne pourrait ressentir ça

I'm thrown and overblown with bliss.

Je suis projetée et emportée dans les airs avec béatitude.

There must be an angel

Il doit y avoir un ange

Playing with my heart.

Qui joue avec mon coeur.

I walk into an empty room
Je marche dans une chambre vide
And suddenly my heart goes " boom"
Et soudain mon coeur fait "boom"
It's an orchestra of angels
C'est un orchestre composé d'anges
And they're playing with my heart.
Et ils jouent avec mon coeur.[...]"

("There must be an angel playing with my heart"
d'Eurythmics, 1985)

Je ne savais pas quelle direction prendre car il ne semblait pas y avoir d'issue. Je décidais, donc, d'aller droit devant moi.

À mon grand étonnement, je voyais clairement.

Pas partiellement comme avant, mais en panoramique, dans les moindres détails.

Le plus surprenant était que j'avais retrouvé l'usage de mes membres.

J'avançais, doucement, de peur de flancher soudainement, mais aucune douleur, ni raideur ne semblait vouloir venir.

J'accélérais la cadence jusqu'à dérouler de grandes foulées.

C'était si grisant ! J'avais retrouvé la jeunesse dont je n'avais, d'ailleurs, jamais profité.

Une fois, la surprise passée d'avoir recouvré entièrement ma vue et ma vélocité, je commençais à me demander combien de temps j'allais devoir courir.

Le couloir était sans fin.

Infatigable, je continuais à trotter.

Le fait d'agir sans but particulier me déstabilisait.

J'étais perdu et même inquiet mais je ne savais pas quoi faire d'autre.

Exténué, je décidais de faire une pause.

Je m'étais allongé de tout mon long et Morphée m'avait aussitôt accueilli dans ses bras.

Alors que je m'étais retourné, le corps encore lourd de sommeil, j'avais senti la fraîcheur de l'herbe humide sur mon museau.

Ouvrant les yeux avec difficulté, j'avais découvert une étendue verte parsemée de petites fleurs et de papillons virevoltants. Assis sur mes pattes arrières, j'avais savouré l'herbe délicieuse.

J'avais parcouru une longue distance sans ressentir la faim mais là, j'étais affamé.

Des fleurs, au goût exquis, s'offraient à moi, sans limite.

Enfin repu, j'avais observé la grande prairie.

Tout occupé à me nourrir, je n'avais pas remarqué que je n'étais pas seul.

Il y avait des chiens, des chats et des animaux que je n'avais vus qu'à travers la boîte à images de ma Grande Maîtresse.

J'avais, même, reconnu cette girafe blanche qui avait été tuée par des humains malveillants. Elle se tenait, là, assise, non loin de moi, à ruminer tranquillement.

J'avais pris peur en me rendant compte qu'un lion se tenait non loin d'elle. Elle n'avait pas l'air apeuré et lui ne montrait aucune agressivité envers elle.

Dans les reportages que j'avais vus, les girafes étaient des proies pour les lions...

Ici, pas d'animosité. Tout était paisible.

Les couples improbables que je découvrais, autour de moi, avaient fini de me persuader que j'étais arrivé en Terre Divine.

Jamais, je n'aurais pu voir tout cela dans le monde des humains.

De toute façon, ils se seraient chargés eux-mêmes de mettre un terme à ce paysage idyllique.

J'étais admiratif devant cet univers que je ne connaissais pas.

C'était un défi aux lois de la nature. Mais, après tout, ce n'était que l'œuvre de Dieu.

J'étais tout à ma contemplation, lorsque j'avais commencé à entendre une voix lointaine se faire de plus en plus précise. Elle ne venait de nulle part vraiment. Mais, elle était partout, à la fois.

Simultanément, j'avais quitté le sol, soulevé par une force

invisible.
De nouveau, j'étais aveuglée par une lumière blanche.
La voix se voulait rassurante et me demandait de me laisser porter.
J'obéissais.
De nouveau, j'entendais les vocalises...
"**No one on earth could feel like this**
Personne sur terre ne pourrait ressentir ça
I'm thrown and overblown with bliss.
Je suis projetée et emportée dans les airs avec béatitude.
There must be an angel
Il doit y avoir un ange
Playing with my heart.
Qui joue avec mon coeur.
I walk into an empty room
Je marche dans une chambre vide
And suddenly my heart goes " boom"
Et soudain mon coeur fait "boom"
It's an orchestra of angels
C'est un orchestre composé d'anges
And they're playing with my heart.
Et ils jouent avec mon coeur.[...]"
(Eurythmics "there must be an Angel playing with my heart", 1985)

II

Je m'étais endormi, bien malgré moi, cette fois-ci.

À mon réveil, je me trouvais dans un espace tout blanc, sans mur, sans sol.

Du blanc, à perte de vue.

Et pourtant, mon corps ne tombait pas dans ce qui pouvait être du vide. C'était un peu comme se déplacer sur de la litière mais en plus agréable.

J'étais si occupé à examiner mon environnement que je n'avais pas vu une petite sphère d'eau s'approcher de moi. A l'intérieur, se trouvait un poisson rouge, gesticulant dans tous les sens.

Je remerciais, intérieurement, la boîte à images de ma Grande Maîtresse qui me permettait de ne pas être pris au dépourvu, à chaque fois qu'une chose inédite se présentait.

Le poisson parlait vraiment très vite.

Je ne comprenais rien de ce qu'il tentait de m'expliquer.

Alors, je m'étais posé sur mes pattes arrières, pattes avant croisées. J'attendais.

Ayant remarqué mon attitude, le poisson s'était arrêté quelques instants, me scrutant de la tête aux pattes.

Il avait repris, par la suite, plus posé, mais je voyais,

clairement, qu'il contrôlait son excitation.

Pouic-pouic m'avait expliqué qu'il avait vécu comme animal de compagnie auprès de ma Grande Maîtresse.

Il était arrivé à Jana, depuis bien longtemps, à la suite d'une crise cardiaque causée par "ces satanés chats".

Il avait ajouté qu'il était extrêmement heureux de me rencontrer car sa mission allait, enfin, se terminer. Il m'avait alors expliqué que j'étais là pour le remplacer.

Abasourdi par le flot de paroles de Pouic-pouic, je n'avais pas prononcé un seul mot. Néanmoins, je n'avais pu m'empêcher de sourire, en imaginant Athéna terrorisant le pauvre poisson. C'était bien sa marque !

Pouic-pouic m'avait invité à le suivre. Il voulait me montrer "mes nouveaux outils de travail".

Toujours silencieux, je m'étais exécuté.

Mais, nous n'étions pas allés bien loin.

Juste devant sa sphère, le poisson rouge avait ouvert des tiroirs invisibles à l'œil nu.

Selon Pouic-pouic, ceux-ci apparaissaient au bon vouloir de leur exécutant.

Je commençais à crouler sous les informations.

Je voulais, effectivement, en savoir plus sur Jana, la mission et les outils de travail mais Pouic-pouic m'assénait d'un flot intarissable de paroles.

J'avais dû l'interrompre pour pouvoir comprendre tout ce qu'il me disait.

Je m'étais, donc, présenté et avais, aussi, donné la cause de ma mort sans entrer dans les détails.

Alors que je décidais de poser ma première question sur le lieu où nous nous trouvions, le poisson rouge m'avait stoppé dans mon élan en me disant qu'une formation au statut d' "Exécutant" allait avoir lieu très prochainement.

À peine avait-il fini sa phrase que mon corps avait été soulevé et éloigné de Pouic-pouic.

J'avais juste eu le temps de l'entendre crier « Bonne chaaance ! »

III

Je me retrouvais, de nouveau, dans un espace blanc et infini.

J'étais assis dans un siège invisible mais palpable.

A mesure que je regardais autour de moi, d'autres animaux apparaissaient comme venus de nulle part.

À ma droite, se tenait une petite souris blanche, à ma gauche, un serpent, devant moi, un perroquet, et derrière moi, une chatte blanche.

Une voix sortie de nulle part s'était présentée à nous : Malaki.

Elle était là pour répondre à nos questions et nous éclairer sur le but de notre mission.

Sans même nous laisser le temps de nous exprimer, Malaki avait commencé une longue tirade.

« Je vous souhaite la bienvenue à Jana, et tout particulièrement, ici, dans le domaine des "Exécutants".

Les "Exécutants" sont des animaux comme vous qui ont passé une grande partie de leur vie auprès des Humains.

Vous connaissez, donc, mieux que quiconque leurs bonnes comme leurs mauvaises actions. Vous avez même, parfois, subi leur négligence, leur courroux et leur cruauté.

À ce titre, Dieu a récupéré, pendant vos phases de sommeil à Jana, les informations propres à être exploitées pour le jugement de certains.

Ceci était votre première mission.

La deuxième sera, pour le moment, de venir en aide à vos congénères et d'améliorer leurs conditions de vie et ce, quel qu'en soit le moyen.

Je dis, "pour le moment" car les desseins de Dieu sont en constante évolution.

Mais, la problématique reste sensiblement la même...

L'Homme a, de plus en plus, tendance à ne pas respecter son environnement et par là même, à être maltraitant. »

Jusqu'alors j'avais eu l'impression que Malaki récitait, comme un automate, son discours, mais son ton était devenu plus grave.

« Dieu a mis le meilleur de lui-même dans cet univers.

Et ces derniers temps, Il est trop souvent témoin de la souffrance que les humains infligent à tout leur environnement et leurs semblables.

Dieu n'a pas pour habitude d'intervenir auprès des Hommes.

Il a pu le faire, en des temps lointains où Il avait pour but d'établir certaines fondations mais Il s'en abstient depuis, considérant que chaque homme porte la responsabilité de son Destin...

Mais, là, les choses vont très loin.

Son amour pour l'Être humain se trouve, aujourd'hui,

contrarié.

Peu à peu, Son envie de se détourner d'eux se fait ressentir.

Néanmoins, la détermination, l'obstination à sauver le monde et la Foi de certains Hommes Le touchent.

Dans le cadre de votre deuxième mission, vous avez, donc, été choisis pour non seulement défendre la cause animale mais aussi pour représenter cette Humanité et convaincre Dieu qu'elle ne mérite pas de disparaître ou du moins, d'être méprisée par Lui. Les deux sont indissociables.

La fin de ce monde que vous avez connu semble proche car l'Homme, malheureusement, excelle dans l'art de se saboter.

Votre rôle, vous l'avez compris, sera d'épauler ces humains qui persévèrent dans leur combat pour la sauvegarde des Animaux...

Ici, vous vous trouvez à Jana, dans le Domaine des Exécutants, section " Animaux terrestres".

Le premier domaine de Jana que vous avez découvert très brièvement auparavant , est "Estrah", Aire de Repos de toutes créatures terrestres. »

Alors que Malaki continuait à parler, des images animées en apesanteur défilaient autour de nous.

"Estrah" était telle que je l'avais vu, au sortir du couloir blanc et sans fin : une étendue verte parsemée de petites fleurs et de papillons virevoltants où se prélassaient des chiens, des chats et des animaux que je n'avais vus qu'à travers la boîte à images de ma Grande Maîtresse.

Mais étrangement, j'étais en capacité de les nommer.

Leurs noms me venaient en cascade : Bonobo, Siamang de Kloss, Tarsier des Philippines, Vison d'Europe, Wombat, Zibeline…

Ce que je n'avais pas vu, c'était au-dessus du grand ciel bleu Azur, des animaux marins qui se déplaçaient dans une mer de la même teinte : rorqual bleu, éléphant de mer du Sud…

Pour certaines de ces créatures, j'avais une désagréable sensation qui m'étreignait le cœur.

Je ne comprenais pas ce sentiment. Mais Malaki qui n'avait pas interrompu son discours, avait de suite répondu à mon interrogation.

« Beaucoup de ces animaux que vous apercevez sont, sur Terre, en voie de disparition. Ici, ils vivent paisiblement sous l'œil divin.

Certains hommes ont le privilège de pouvoir accéder à Jana. Et cette décision vous incombe : alors que sur Terre, vous êtes à leur merci, à Jana, c'est vous qui êtes déterminants sur leur sort grâce aux informations que vous avez récoltées lors de votre passage en bas.

Ainsi, à la section des animaux marins, nous avons pu accueillir d'illustres défenseurs. Leur nom ne vous dit, sans doute, rien mais pour les hommes, c'étaient des personnalités importantes.

Néanmoins, peu Nous importe leur statut et leur notoriété sur Terre car nous considérons que la plus petite des actions envers le règne animal et végétal est un acte militant.

Accueillir ces militants parmi nous est une façon de les remercier pour leur engagement.

Vous devez, donc, être à même de mettre en avant les actions que les hommes entreprennent vis à vis de leur environnement.

La nouveauté pour vous, c'est que vous pourrez intervenir mais toujours en toute discrétion.

Vous agirez, dans un premier temps, au sein de votre dernière famille.

Vous serez, donc, en terrain connu.

Vous aurez à disposition des baromètres d'accomplissement par thème : professionnel, famille, amour.

Il va vous falloir les apprivoiser.

Vous aurez parfois des situations d'urgence.

A vous de les déceler.

La clé de la réussite tient dans les taux des baromètres.

Chaque baromètre est différent et en adéquation avec l'univers de votre dernier maître sur Terre.

Dans un premier temps, vous serez en phase d'observation.

Le temps venu, vos habilitations vous seront attribuées.

Encore une fois, bienvenue à Jana. »

La voix s'était éteinte, sans prévenir.

Je n'avais rien compris de ses explications.
Je m'étais tourné à droite, à gauche pour finalement faire un tour complet sur moi...
J'étais seul.
Je ne pouvais compter que sur moi.

IV

Confortablement installé et sans autre divertissement, j'avais décidé de jeter un coup d'œil aux baromètres.

Je m'étais souvenu des mots de Pouic-Pouic qui avait expliqué qu'ils apparaissaient à notre bon vouloir.

Quand soudain, j'avais entendu un bourdonnement.

En tournant la tête, je m'étais rendu compte qu'un insecte volant qui semblait porter une robe jaune et noire, faisait du stationnaire, me regardant d'un air amusé.

« Bonjour, je m'appelle Maya !!! »

L'insecte s'esclaffa, s'allongeant sur le dos, toujours en stationnaire.

Devant mon air hagard, il s'était arrêté de rire.

« Je vois que tu ne connais pas "Maya, l'abeille"... »

J'avais secoué la tête de gauche à droite.

Non, je ne connaissais pas "Maya, l'abeille", mais me promettais de mettre fin à cette lacune, dès que j'en aurais la possibilité.

« Bon, c'est pas grave... »

L'insecte avait laissé échapper un long soupir.

Une fenêtre virtuelle s'était ouverte.

J'avais fait connaissance avec "Maya, l'abeille" et son

compagnon Willy qui butinaient des fleurs et vivaient des aventures mouvementées.

« Après tout, tu n'es qu'un lapin. Tu dois sûrement connaître "Les lapins crétins" ?... »

Je me souvenais, alors, de cette peluche que ma Grande Maîtresse avait placée dans ma cage pour me tenir compagnie, pendant les nuits d'hiver.

Je m'étais empressé de répondre par l'affirmative mais toujours de la tête.

L'insecte avait, alors, levé les yeux au ciel.

« Ben voyons, c'est là, l'étendue de ton savoir. Je te parle de "Maya, l'abeille" qui représente l'une des premières vulgarisations du monde des insectes. »

Je n'avais rien à répondre. Mes connaissances sur "Les lapins crétins" ne me permettaient pas de clouer le bec à cet insolent.

Celui-ci avait continué.

« Bon, je ne m'appelle pas "Maya" mais tout simplement " L'abeille". Les rapports que j'ai eus avec les humains et le fait de vivre en colonie fait que je n'ai jamais eu de prénom.

Tu sais ce que c'est une abeille?... »

Encore une fois, j'avais répondu par la négative, donnant la possibilité à L'abeille de lever de nouveau, les yeux au ciel.

Je n'avais pas eu recours à la base de données, alors...

Elle m'avait tout raconté sur son peuple, malheureux témoins de la constante cupidité des hommes.

Le dernier incident en date qui lui causait des soucis, était l'autorisation que les hommes en France avait, de nouveau, obtenue pour l'utilisation du pesticide qui coûtait la vie aux abeilles : le néonicotinoïde.

Il avait été surnommé le "tueur d'abeille".

Elle m'avait expliqué, qu'aujourd'hui, ses sœurs étaient dans l'obligation de migrer vers les villes et de délaisser les campagnes devant l'usage croissant des produits toxiques pour donner des agricultures sans insecte et rapidement commercialisables.

Son vocabulaire était précis et elle s'y connaissait.

Je remerciais, secrètement, Xéna et la boîte à images.

Voyant que j'étais toujours attentif à ce qu'elle m'apprenait, L'abeille avait délaissé son air hautain.

Une certaine mélancolie l'avait gagnée, la rendant vulnérable et donnant tout son sens à son discours.

Puis, elle s'était tue et posée sur un invisible support.

Elle était comme épuisée. Elle me regardait silencieuse, attendant, semblait-il une réaction de ma part.

Timidement, je l'avais questionnée.

« D'où viens-tu? »

Se remettant en vol stationnaire, elle était repartie dans un long discours, me vantant les mérites de sa contrée d'adoption.

Elle avait réussi à se glisser dans un avion pour l'Ile de la Réunion, connue pour être un des paradis terrestres de la faune et de la flore sur terre.

Ainsi, elle m'avait parlé de ce sésame qu'était le classement au patrimoine mondial de l'Unesco et dont bénéficiait cette île. Le rêve pour tout animal, insecte, et végétal.

Un tiroir, sorti de nulle part, s'était ouvert et une page était apparue.

"Le 1er août 2010, les Pitons, cirques et remparts de l'île de La Réunion faisaient leur entrée dans la liste des biens naturels classés au patrimoine mondial par l'Unesco.

Ce bien classé, comme ayant une valeur universelle exceptionnelle, coïncide avec la zone centrale du Parc national de la Réunion. Il couvre une superficie de plus de 100 000 hectares, soit 40% de l'île.

Le classement comprend les deux massifs volcaniques du Piton de la Fournaise et du Piton des Neiges, le cirque de Mafate ainsi que les remparts qui délimitent l'espace intérieur de l'île. S'y ajoutent le Piton d'Anchaing dans le cirque de Salazie, le Piton de Sucre et la Chapelle dans le cirque de Cilaos, la Grande Chaloupe dans le nord de l'île et Mare Longue dans le sud.

Le site présente une grande diversité d'escarpements, de gorges et de bassins boisés qui, ensemble, créent un paysage spectaculaire.

Il regorge d'une faune et d'une flore aussi rares que fragiles, remarquables en termes de diversité et d'endémisme. On y trouve des forêts ombrophiles, subtropicales, des forêts de brouillard et des landes, le tout formant une mosaïque d'écosystèmes et de caractéristiques paysagères remarquables." (cf. bibliograhie)

L'abeille avait continué en m'expliquant que l'île, malgré la protection que lui conférait son statut, subissait les dérèglements climatiques.

Voyant que je fronçais les sourcils en entendant cette notion qui m'était inconnue, L'abeille m'avait, dans un premier temps, rassuré. Mais j'allais vite déchanter.

« Je vais te rapporter la synthèse que j'ai lu dans un manuel scolaire de classe de Seconde.(Sciences économiques et sociales, Seconde, collection C. - D. Echaudemaison) »

En voyant mes yeux tout ronds, elle s'était exclamée :

« Un livre d'école, quoi !!!

Je trouve, d'ailleurs, important d'essayer de sensibiliser les jeunes générations car ce sont eux, l'avenir. Même s'il y a encore plus à faire parfois avec les adultes... »

Elle avait fixé ses yeux sur une page du recueil.

« Bon, écoute bien, ça ne va pas être facile pour toi qui a l'air novice dans ce domaine. »

Elle articula chaque mot pour que je puisse m'en imprégner.

"L'activité industrielle ou les choix de consommation des populations provoquent des dégâts environnementaux ou pollutions d'origine humaine. La combustion de charbon ou de gaz naturel pour la production d'électricité, ou d'essence pour les transports, par exemple, accroît la quantité de gaz

à effet de serre naturellement rejetée par la Terre. C'est ce qui explique le réchauffement climatique."

Chaque phrase que j'entendais sonnait comme une catastrophe et j'avais bien conscience des enjeux que représentait le fait d'avoir des humains engagés dans la défense des animaux. Tout était étroitement lié.

Tout dysfonctionnement menait à la ruine des ressources naturelles.

"La production de biens et de services puise dans le stock de capital naturel fourni par la planète : eau, espèces animales, forêts, sols cultivables. Elle laisse une empreinte écologique (indicateur, qui se mesure en hectares globaux, de ce que l'homme utilise comme capital naturel renouvelable pour produire, consommer et absorber les déchets). Une trop forte hausse de cette dernière par rapport à la capacité de régénération de la planète, sa biocapacité, provoque la rareté du capital naturel et menace à terme la survie de tous [...]"

L'abeille était infatigable.

« Je te lis la définition que le manuel donne de la biocapacité : *"Capacité de la planète à produire des ressources renouvelables (champs, pâturages, forêts, zones de pêche, etc...) et à absorber les déchets découlant de la consommation humaine".* »

Elle reprit son souffle et continua de plus belle.

« Voilà...Pour en revenir aux dérèglements climatiques, ils

provoquent des cyclones de plus en plus fréquents sur l'île, et par extension, les abeilles en subissent les conséquences.

Après un cyclone, lorsque nous en réchappons, nous avons du mal à nous nourrir et parfois, nous mourons de faim.

Nous devons notre survie à quelques hommes qui vivent en harmonie, avec nous.

Ils nous protègent et en échange, nous donnons notre miel et continuons à polliniser en butinant les fleurs.

Moi, j'ai été sauvé par le plus gros producteur de miel de la Réunion. Je me trouvais dans un essaim, chez un particulier, qui aurait été, ailleurs, détruit par les pompiers.

Mais là, le fils du producteur est venu nous chercher et nous a déplacées, mes sœurs et moi, en altitude, dans un lieu de quiétude fleuri et plein d'arbres fruitiers locaux.

("Réunion, l'île aux miels" Reportage de Fanny Pernoud, Olivier Bonnet)

Tu connais le miel de letchi ? de baie rose ?... Non ?... C'est pas grave!

Mais oui ! La petite abeille que tu as devant toi agit à quatre-vingt pour cent dans la reproduction des plantes à fleurs.

Qui dit plantes à fleurs, dit insectes, dit oiseaux et tu enquilles sur la chaîne alimentaire, etc, etc...

T'as compris ou pas ?...

Tu sais, nous sommes reconnues par le Coran comme d'"utilité publique", comme diraient les hommes.

Nous avons une sourate qui nous est dédiée. C'est pour dire comme nous sommes importantes aux yeux de Dieu. »

J'étais abasourdi par tant d'engagement, de connaissances aussi pointues.

Elle m'avait regardé, presque blasée.

« T'inquiète. Dans peu de temps, tout cela n'aura aucun secret pour toi. Il faut juste te renseigner. Les bases de données que nous avons à disposition, sont très riches. Mais pas la peine d'être un ténor pour réaliser que nous sommes au bord du précipice.

Alors, te prends pas la tête. Les définitions les plus simples sont les meilleures. »

Sentant que j'arrivais à saturation, elle s'était posée sur un coussin imaginaire.

« Bon, un peu de légèreté. C'est quoi ton histoire? »

V

Reprenant mes esprits, je lui avais raconté ma vie jusqu'à maintenant.

Lorsque j'avais parlé de maltraitance, elle avait hoché la tête, le regard perdu dans ses pensées.

Puis, j'avais parlé de mes amis.

Elle avait sûrement dû capter l'étincelle qui animait mes yeux lorsque j'évoquais ma complicité avec Xéna, car alors que le silence s'était installé, me permettant de me remettre de la nostalgie que les souvenirs suscitaient en moi, elle m'avait demandé :

« Tu l'aimes ? »

J'étais un peu surpris par le côté direct de sa question mais je sentais comme un poids dont je voulais me libérer.

Alors, la poitrine prête à exploser, dans un souffle, j'avais répondu : « Oui… »

C'était maintenant officiel : Moi, Albator, un lapin, j'étais amoureux d'une féline.

L'abeille avait continué en disant : « Tu sais que ton amour est voué à l'échec ?… »

J'avais rétorqué, masquant ma colère :

« Et pourquoi ? Qui aurait cru qu'une abeille pourrait

s'entretenir avec un lapin ? »

Elle s'était tue, n'ayant aucun argument à me présenter.

J'étais fier de ce coup d'éclat.

C'était la réponse du " Lapin crétin" !!!

Se remettant à battre des ailes, elle m'avait dit :

« Je t'aime bien, toi ! T'es pas commun. »

Et s'en allant brusquement :

« Je te laisse travailler. On se voit plus tard ! »

Me rendant compte que j'allais me retrouver seul, je lui avais crié :

« Quand ? »

Elle s'était retournée une dernière fois, sa silhouette se fondant, peu à peu, dans la blancheur de mon univers.

« Plus tard !!! »

En y réfléchissant bien, c'était ridicule de lui poser une telle question : ici, il n'y avait aucune notion de temps.

Pas de jour, pas de nuit. Même nos bases de données n'avaient pas d'horloge.

Place au silence.

Je décidais, donc, de jeter un œil aux outils de travail qui m'avaient été alloués.

Un tiroir s'était ouvert.

J'avais eu une sensation de vertiges en regardant à l'intérieur.

Je pouvais voir ma Grande Maîtresse dans toutes ses périodes d'apprentissage et sur ses différents lieux de travail. C'était le baromètre professionnel.

A chaque période passée, on pouvait lire en chiffres blancs, le taux d'accomplissement. Celui de ma Grande Maîtresse atteignait quatre-vingt quinze pour cent.

Il avait, longtemps, stagné à cinquante-neuf pour cent mais une récente reconversion en tant qu'infirmière avait inversé la tendance.

Si j'avais bien suivi, le taux étant très satisfaisant, je n'avais pas d'action particulière à mettre en place.

Un deuxième tiroir, se fondant dans l'infini blancheur, s'était ouvert.

Je voyais, maintenant, ma Grande Maîtresse à table, à tous les âges, avec sa famille.

Il y avait des moments de tension, mais l'amour, le respect étaient constamment présents.

Elle avait très peu d'amis mais ils étaient fiables.

Le baromètre indiquait quatre-vingt dix-sept pour cent. Encore une fois, rien à entreprendre. J'avais commencé à me réjouir, pensant que la condition des lapins allait être ma seule priorité.

Un troisième tiroir s'était dévoilé à moi et j'étais tombé de haut, bien que ce fut impossible ici !

C'était le baromètre de l'amour.

Les déceptions s'accumulaient.

Chacune était répertoriée par thème : Abandon de famille, adultère, à plusieurs reprises, abus de confiance.

Le baromètre affichait un triste dix-huit pour cent, en chiffres de couleur rouge.

Fait nouveau, un objectif à atteindre apparaissait : redonner confiance en la nature humaine, mais à bien y réfléchir, je me disais que c'était plutôt en la gent masculine. (NDLA : Gent sans "e")

J'avais réalisé l'ampleur de la tâche et je pensais réellement que l'objectif serait impossible à atteindre.

Le tiroir montrait, maintenant, des évènements récents.

J'assistais à une conversation entre ma Grande Maîtresse et un homme qui devait l'amener de son lieu de travail à son domicile.

Ils n'avaient pas l'air de se connaître mais il tentait, avec insistance, d'attirer son attention en usant d'un humour lourd. D'ailleurs, elle n'avait pas l'air d'y être très réceptive.

Je la voyais rire poliment mais je l'entendais prier Dieu, intérieurement, de bien vouloir abréger ce moment.

L'homme lui avait demandé si elle était mariée. Elle avait menti et répondu par l'affirmative.

Cette réponse lui avait donné un bref répit.

Quelques blagues plus tard, il lui avait demandé si elle avait des enfants. Elle ne s'était pas méfiée et n'avait pas menti. Malheureusement.

L'homme avait, alors, jeté son dévolu sur Loïs.

Selon lui, à ses dix-huit ans, il serait un parfait mari, pour elle.

Commençant à perdre patience, ma Grande Maîtresse, lui avait répondu sur un ton vindicatif :

« Sûrement pas ! »

L'homme n'avait pas abandonné. Il avait même voulu l'accompagner jusqu'à son appartement.

Après avoir refusé, elle l'avait remercié, toujours avec cette même politesse.

J'avais été témoin du supplice de ma Maîtresse qui avait duré pas moins d'une heure.

D'autres scènes de ce genre défilaient.

Et finalement, j'arrivais à comprendre aisément la médiocrité du taux.

Des mots comme sexisme, misogynie, harcèlement arrivaient en cascade dans mon esprit.

Devant cette prise de conscience, il devenait évident qu'il allait être compliqué d'inverser la tendance ?

VI

En attendant de trouver une solution, la curiosité de revenir sur mon histoire m'avait traversé l'esprit.

Qu'avaient pu se dire ma Grande Maîtresse et la Grande Paille ?

Un tiroir s'était aussitôt ouvert.

J'avais eu un petit vertige en y regardant mais rien de grave.

J'avais alors entendu cette mélodie qui m'avait accompagné pendant mes années de solitude. C'était vraiment triste mais magnifique.

Et aujourd'hui, je comprenais tous les mots de cet interprète malheureux.

[...] Many rivers to cross
Beaucoup de fleuves à franchir
And it's only my will that keeps me alive
Et seule ma volonté me garde en vie [...]
And I merely survive because of my pride
Et je parviens à peine à survivre par fierté
And this loneliness won't leave me alone
Et cette solitude ne me laissera pas seul
It's such a drag to be on your own

C'est tellement harassant d'être seul [...]

("Many rivers to cross", Jimmy Cliff, 1985)

La mélodie s'était soudainement interrompue.

Une longue liste de messages entre les deux "combattantes", répertoriée sous la source "Albator ou la vie à tout prix...", était apparue.

Avec avidité, je commençais à lire ce qui avait été les dessous de mon sauvetage.

Les échanges étaient musclés et ma Grande Maîtresse ne mâchait pas ses mots :

"Je n'ai aucune certitude sur son devenir. Tu n'as jamais cru bon de lui couper les griffes, il n'est pas sûr de récupérer son œil et on sent trop bien ses côtes et sa colonne vertébrale. Donc, autant je te fais confiance sur d'autres choses, autant concernant ce lapin, j'ai des doutes."

Ses propos me rappelaient combien j'avais été mal en point et négligé.

Ma reconnaissance envers ma Grande Maîtresse serait éternelle : Personne n'aurait pu m'assurer un meilleur traitement.

Tout m'était revenu en mémoire : la douleur, ma prison, ma misérable condition.

Je continuais à lire ses messages.

"Pour information, tes salariés m'ont donné la permission d'emmener le lapin et souhaitaient en faire de même mais étaient trop occupés. Puisque tu le prends comme ça, le

mot maltraitance a été évoqué chez le vétérinaire. C'est, donc, passible d'amende. Je comprends bien que tu veuilles récupérer ton lapin mais je constate que lorsque j'essaie de savoir si tu vas bien t'occuper de lui, tu évites le sujet et revendiques que c'est ton bien. Nous parlons d'un être vivant. Pour ta gouverne, si mes chats arrivaient à ce point-là, j'ose espérer que tu ne t'abstiendrais pas de les sauver, par amitié [...]"

("Albator ou la vie à tout prix", Marie Souton, 2020 Page 102, 103, 104)

D'un côté, j'étais considéré comme un objet, de l'autre, comme un être vivant doué d'une intelligence et d'une sensibilité.

Je continuais à lire les messages de ma Grande Maîtresse et je découvrais ce que jamais je n'aurais imaginé.

Pour me soustraire à la maltraitance, elle m'avait fait passer pour mort.

Elle avait monté toute une mise en scène pour que ce soit crédible. Alors que j'étais en pleine forme, elle faisait croire à la famille Paille que j'étais au plus mal.

Chaque jour, elle m'avait fait dépérir grâce à des photos de moi bien choisies, prises au début de notre histoire.

Puis, j'étais mort.

Virtuellement, mon corps avait été enterré dans un parc.

La mort m'avait alors libéré et accordé un foyer chaleureux, une nouvelle vie.

Même le vétérinaire avait joué le jeu, niant avoir reçu un lapin, lorsqu'il avait été contacté au téléphone par la famille Paille.

Maintenant, ce nom que j'avais attribué à mon ancienne famille, m'amusait.

A l'époque, je ne savais pas que l'on appelait cette couleur de cheveux, "blond", mais la paille était, pour moi, ce qui s'en rapprochait le plus.

Alors, c'était devenu la famille Paille !

Je ne les regrettais aucunement et j'étais bien heureux d'avoir été accueilli et adopté par ma famille de cœur.

L'idée m'était venue de présenter des humains comme ma Grande Maîtresse, en exemple.

Ils étaient nombreux, chaque jour, à militer à leur manière, seuls, avec pour unique objectif le bien-être des animaux et le sentiment d'injustice envers nous...

Je décidais de refermer ce tiroir. J'en savais bien assez. Et mes certitudes étaient encore plus solides qu'auparavant.

Cette immersion dans le passé m'avait épuisé.

Inconsciemment, je m'étais couché sur les invisibles coussins et les traits de ma douce Xéna m'étaient venus à l'esprit.

Un autre tiroir venait de s'ouvrir. C'était une fenêtre sur le présent.

Une grande émotion m'avait envahi.

Je voyais ma Grande Maîtresse, Loïs et ma tribu féline. Puis plusieurs petites scènes étaient apparues, successivement.

Athéna, en train de se faire courser, martyriser par Coco et ma Grande Maîtresse tentant de lui faire la morale.

Seya, toujours avachi sur son bras de canapé.

Et enfin, Xéna, ma Xéna.

Soudain, en fond musical, j'entendais une voix masculine chanter "Ribbon in the sky". C'était comme des milliers de petits ruisseaux.

"***Oh so long for this night I prayed***
Oh j'ai prié tellement longtemps cette nuit
That a star would guide you my way
Pour qu'une étoile veuille te guider à moi
To share with me this special day
Pour partager avec moi ce jour spécial
Where a ribbon's in the sky for our love
Où un ruban (flotte) dans le ciel pour notre amour[...]
This is not a coincidence
Ce n'est pas une coïncidence
And far more than a lucky chance
Et beaucoup plus qu'un heureux hasard [...]
We can't lose with God on our side
On ne peut pas se perdre avec dieu sur notre chemin
We'll find strength in each tear we cry
On trouvera de la force dans chaque larme versée [...]".

(Stevie Wonder, "Ribbon in the sky", 1982)

C'était d'une magnifique perfection.

Je continuais à voir Xéna qui s'agrippait à un plumeau que ma Grande Maîtresse tentait de lui prendre pour s'amuser.

Elle s'y accrochait comme s'il s'était agi d'un ennemi, le griffant, énergiquement de ses pattes postérieures.

Jamais, je ne l'avais vue, dans ce genre de situation.

Elle avait toujours été d'une grande classe, se déplaçant telle une princesse.

La découvrir ainsi, pour la première fois, m'avait réchauffé le cœur.

J'étais heureux de la revoir. Elle me manquait.

Une autre scène avec Xéna était apparue.

Je voyais ma Grande Maîtresse essayant de la déloger d'un recoin où elle avait décidé de se soulager, considérant que sa litière était sale.

J'étais stupéfait.

Mais, elle était arrivée à ses fins, comme d'habitude : la litière avait été changée.

Ça me faisait vraiment du bien de voir ces petits moments indiscrets.

J'étais serein.

Je ne savais pas pendant combien de temps je m'étais replongé dans mon ancienne vie terrestre, mais je commençais à avoir faim.

Un plateau s'était, aussitôt, présenté à moi : fanes de carottes, rebords de pâte à pizza, de l'eau bien fraîche.

Un vrai délice.

Le ventre plein, je regardais l'infini, ne sachant où poser mes yeux, quand soudain l'image de Xéna était revenue.

Je tendais la patte pour la toucher mais elle flottait dans le vide.

Elle me parlait, de cette voix douce qui lui était si caractéristique.

Elle me disait qu'elle était une projection et après une petite hésitation, elle avait ajouté que je lui manquais.

Je continuais à entendre les ruisseaux et la voix masculine qui chantait.

Je luttais contre le sommeil mais, en vain.

En tout cas, je m'étais endormi en ayant eu la plus belle des visions.

Je comprenais, alors, ce que voulait dire "être au paradis".

VII

Au réveil, mon corps flottait dans les airs.
Tout en regardant autour de moi, je m'étais étiré.
Aucun bruit n'était venu troubler mon sommeil et j'étais vraiment reposé.
J'étais toujours entouré de ce blanc infini.
De l'eau bien fraîche m'était parvenue pour étancher la soif naissante que je ressentais.
J'avais hâte de retourner à ma formation, hâte de revoir L'abeille.
Je pensais à la cause animale et me demandais comment j'allais bien pouvoir agir et m'investir dans cette quête.
Les baromètres s'étaient, aussitôt, présentés et une flèche allant sur la droite, sur fond rouge, clignotait.
En écoutant L'abeille, je m'étais bien rendu compte qu'il y avait un monde sur la Terre que je ne connaissais pas.
J'étais donc décidé à gommer ce gouffre qu'il y avait entre elle et moi...
Mais ce que j'allais découvrir s'avérerait être au-delà de ce que j'avais pu imaginer...
A mon grand désespoir, me faisant comprendre que ce que j'avais enduré, n'était rien, à côté de ce que la cruauté de

l'Homme pouvait infliger.

J'appuyais sur la flèche.

Il était question du sauvetage d'un chien.

La caméra s'approchait d'une poubelle où une forme allongée, rouge vif, et émettant des gémissements de douleur, gisait parmi les détritus.

Avec une indicible horreur, je découvrais les restes de ce qui avait dû être auparavant un chien.

Sa chair était à vif sur tout le corps, seuls quelques poils restaient sur son cou et sa tête.

C'était comme si tout le bas de son squelette avait été trempé dans du décapant. C'était irréaliste.

L'homme qui s'était approché de la forme ne savait pas comment porter l'animal qui avait poussé des plaintes de douleur, une fois dans les bras de son sauveur.

Le haut de son corps semblait ne plus avoir l'ossature nécessaire pour se maintenir.

C'était presque comme si son squelette avait été brisé.

J'étais atterré.

Mon périple ressemblait à un conte de fée à côté de l'enfer qu'avait dû vivre ce pauvre chien.

Néanmoins, il restait combatif : il avait tenté, à plusieurs reprises, de mordre son sauveur. A vrai dire, c'était loin d'être blâmable. Il devait sûrement souffrir de manière atroce et sa confiance en l'homme devait être plus qu'ébranlée.

La victime avait été emmenée dans une clinique vétérinaire.

Elle avait été débarrassée des vers, des tiques, des détritus incrustés dans sa peau. Pendant toute l'entreprise, je n'osais respirer et j'attendais avec impatience, l'issue de ce calvaire.

J'espérais, finalement, voir un chien en pleine forme courir dans un jardin, avec un maître aimant qui l'aurait adopté et lui offrirait une meilleure vie.

Placé dans une cage, allongé sur le flanc, le chien semblait apprécier d'être au chaud sous une couverture, au calme.

L'image d'après le montrait étendu sur la table froide du vétérinaire, le corps recouvert de pétales de fleurs.

Le treizième jour passé à la clinique vétérinaire avait été le dernier.

Les dommages causés par la maltraitance avait eu raison du chien.

Il n'avait pas survécu.

J'étais sous le choc.

Je n'aurais jamais imaginé qu'il ne survivrait pas.

J'avais refermé le tiroir par la force de ma déception.

Je n'avais même pas de peine, mais de la colère contre les hommes.

Pourquoi tant de cruauté ?

Qu'est-ce qui pouvait justifier un tel comportement ?

Jamais, je n'avais vu de telles images, une telle souffrance.

Je n'étais plus sûr de vouloir défendre la cause humaine.

L'homme ne méritait pas notre tolérance.

Tant de cruauté pour une poignée de militants.

Alors que ma colère était à son comble, un tiroir s'était ouvert : l'image de ma Grande Maîtresse et de Loïs penchées sur moi pour soigner mon abcès à l'œil me ramenait progressivement à la raison.

Comment pourrais-je leur faire du mal ?

Je réalisais que j'avais changé.

Dans ma famille, peu importait laquelle, je n'avais jamais eu de colère.

J'avais eu peur, faim, froid, mal mais jamais je n'avais ressenti de colère.

Lorsqu'il m'était arrivé de mordre, c'était pour me défendre.

Jamais mes actions n'avaient été calculées.

Je comprenais soudainement que le pouvoir qui m'était attribué ne devait pas être exercé sous le coup de mes nouvelles émotions, du moins de la colère.

C'était la leçon à en tirer : ne prendre aucune décision de manière impulsive.

Prise de décision devait être synonyme de maîtrise de soi.

En élaborant ma ligne de conduite, je pensais à Xéna.

Elle me manquait tant. Elle aurait sûrement été de bon conseil...

Étrangement, aucun tiroir ne s'était ouvert.

Néanmoins, à bien y réfléchir, c'était peut-être un peu normal : la vidéo-conférence n'était sûrement pas au programme.

J'avais eu connaissance de cette technique de communication propre aux humains, en naviguant sur les bases de données divines.

J'étais tout à ma réflexion lorsqu'un bourdonnement était parvenu à mes oreilles.

« Salut, Lapin malin!!! Comment vas ? T'as fait tes devoirs ? »

En entendant ces mots, L'abeille m'avait ramené au moment présent et je ne pouvais m'empêcher de penser que quelque chose avait dû m'échapper...

« Euh... Quels devoirs ? »

L'abeille, sans surprise, avait levé les yeux au ciel.

« Ben, t'as des baromètres et des tiroirs à disposition. T'as bien vu qu'il y avait des taux qui allaient pas... Ben , il faut que tu bosses dessus...

T'étais là quand Malaki vous a fait cours ? ou pas ?... »

Je n'avais vraiment aucun souvenir de ces supposés devoirs...

Soudainement, elle avait tapé dans ses mains.

"Tiroir !"

Devant son air insistant, je comprenais rapidement qu'elle attendait que j'en ouvre un.

Celui de ma Grande Maîtresse s'était présenté.

Le baromètre se tenait à proximité.

L'abeille avait tourné les pages en apesanteur, d'un œil

expert.

« Là, tu vois bien que le taux est pourri !... »

Elle était restée, momentanément, sans voix, fixant le baromètre.

« Ben, dis-donc, elle est tombée sur le fond de la cuve!!! Tu m'étonnes qu'elle aime les animaux !!! »

Je tirais nerveusement sur mon oreille gauche.

L'abeille commençait à me connaître.

En vol stationnaire, les poings sur les hanches, elle s'était exclamé :

« Qu'est-ce que t'as pas compris "Lapin lapin"?...

Le fond de cuve, c'est l'essence toute pourrie qui reste dans le fond d'un bidon, d'une cuve. C'est une vraie cochonnerie et en général, ça fait pas du bien au moteur. Je dirais même que ça le détraque.

Tu fais le rapprochement ?...

Ta maîtresse, c'est le moteur et ses p'tits copains, c'est le fond de cuve... »

D'un air sceptique, elle me regardait du coin de l'œil.

J'avais lissé une fois, deux fois mon oreille gauche quand soudain :

« Hum... J'ai compris... Ah, oui, c'est vraiment pas bon... Mais, je te félicite : très bonne métaphore !!! »

Et en moi-même...

Ok, c'était donc ça, mon devoir...

C'était un vrai plaisir de discuter avec quelqu'un et encore plus avec L'abeille.

Elle était vive et franchement, jamais je n'avais entendu de telles expressions !

Allongée sur le dos, sur son coussin imaginaire, elle avait ajouté :

« Si t'as besoin d'aide... N'hésite pas ! »

Alors là, quelque chose m'échappait encore !

J'osais à peine demander à L'abeille des précisions.

Quand soudain, elle s'était relevée.

« Ah, j'ai oublié de te dire. Tu peux me joindre par vidéoconférence.

Tu n'as qu'à dire "contacter L'abeille".

N'essaie pas maintenant, ça marchera pas... Je suis à côté de toi. »

J'étais soulagé que ce soit un oubli de la part de L'abeille. Je pensais avoir, encore une fois, sauté un chapitre du cours de Malaki.

Il est vrai que j'avais un côté rêveur mais bon...

Je m'apercevais, soudain, que L'abeille s'éclipsait sur la pointe des pattes.

En chuchotant, elle m'avait dit :

« Je te laisse... Tu vas avoir de la visite... On se tient au courant... »

VIII

Alors qu'elle avait disparu, je tendais l'oreille m'attendant à voir de suite un invité apparaître.
Mais, rien ne se passait.
Je continuais, donc, à consulter mes tiroirs.
Je remarquais que j'avais accès à de nouvelles rubriques.
Curieux, je commençais à les ouvrir pour y jeter un œil, lorsque la voix de Malaki s'était faite entendre.
« Bonjour, Albator.
Nous avons vu que tu appréciais ton séjour, parmi nous. Et nous en sommes très heureux.
Normalement, tu aurais dû suivre, ce matin, le premier cours de formation avec les autres élèves-exécutants, mais tu es à un niveau supérieur.
Tu as acquis une certaine connaissance que les autres n'ont pas, grâce à tes grandes facultés d'adaptation, ta curiosité et surtout ta famille sur Terre.
Tu as eu accès à un des outils de communication privilégiés des humains, la télévision. Et par conséquent, tu as déjà certains acquis.
Ce que je vais aborder dans la cession d'aujourd'hui, tu le sais déjà.

Et puis, nous avons constaté que L'abeille t'avait pris sous son aile.

C'est la plus douée de nos élèves-exécutants.

Être à son contact te fera évoluer très rapidement.

Néanmoins, fais attention à ne pas brûler les étapes.

L'abeille est très vive et comprend très vite les choses.

Apprends à te connaître avant d'agir. Vas à ton rythme.

Tu risquerais de faire des erreurs, en allant trop vite.

Néanmoins, Nous avions confiance en toi et tu es autorisé à accéder, dès maintenant, à la phase réelle.

Les autres sont en phase fictive. Cela veut dire qu'ils sont autorisés à faire des tests mais sur une base non réelle, pour éviter de trop grandes répercussions sur la vie des humains.

Mais Nous avons remarqué que tu avais déjà assez d'empathie pour bien faire et c'est le pourquoi de Notre décision.

Comme tu as pu le constater, le parcours affectif de l'humaine qui t'a recueilli n'est pas abouti.

Ton prédécesseur n'avait pas les facultés requises pour mener à bien sa mission. Il n'avait pas tes connaissances et ton approche du monde des humains.

Il excellait sur les autres baromètres mais il n'a jamais connu les sentiments qui peuvent habiter un être lorsqu'il en aime un autre... Alors, ceci explique cela.

Il te faut savoir que la réussite de ta mission est importante, très importante.

Les humains ont besoin d'avoir une certaine balance harmonieuse entre malheurs et bonheurs pour espérer, croire et avoir la Foi si ce n'est en Dieu, au moins en leur avenir.

Trop de bonheur leur fait penser qu'ils sont maîtres de leur destin et qu'ils n'ont besoin de personne.

Le malheur à outrance, quant à lui, donne à certains la Foi, l'espoir mais pour d'autres, il est générateur de paresse spirituelle et de péchés très graves.

Nous souhaiterions inverser la tendance afin de limiter et de contrôler les actes de cette dernière tranche d'humains.

Et nous comptons sur des exécutants comme toi et L'abeille pour atteindre cet objectif.

De bonnes actions individuelles peuvent avoir un impact collectif.

C'est ce que les humains appellent "l'effet papillon".

Aussi, nous misons sur l'ingéniosité et l'intelligence de chaque exécutant.

Nous reviendrons régulièrement vers toi pour débriefer sur la situation.

Bonne journée à toi !

Et n'oublie pas : en cas de besoin, tu peux contacter L'abeille. »

Un souffle léger était passé entre mes oreilles.

Le silence m'entourait de nouveau. Mais, à ce moment

précis, ça ne me dérangeait pas.

D'ordinaire, Malaki était juste une voix, mais il m'avait semblé avoir aperçu comme un halo lorsqu'elle s'était tue.

Mais, peut-être, avais-je mal vu? Après tout, j'étais cerné par le blanc et cela pouvait occasionner des visions.

Je repensais au monologue de Malaki et je devais admettre que j'étais assez fier du rôle que je jouais dans cette grande entreprise.

L'autorité divine faisait appel à mes compétences pour parfaire l'Humanité.

J'avais aimé ce sentiment d'unicité qui s'était emparé de moi lorsque Malaki m'avait appelé par mon prénom.

Et surtout, Ils me faisaient confiance.

J'étais vraiment honoré d'œuvrer pour cette cause et d'avoir été choisi...élu.

Odyssée

Etymologie : Terme dérivé du nom grec d'Ulysse.

De nos jours, on utilise le nom commun odyssée pour désigner un voyage extraordinaire, plein de rebondissements et d'aventures, ou bien pour désigner le récit de ce voyage. Par extension, tout voyage comportant des imprévus peut être appelé odyssée .

https://dictionnaire.orthodidacte.com/article/definition-odyssee

IX

J'étais serein et motivé.

Mon esprit ne cessait d'aller et venir d'une idée à l'autre et les tiroirs s'ouvraient de façon désordonnée et frénétique.

J'avais donc fermé les yeux et respiré profondément pour pouvoir m'atteler à la tâche de façon productive.

Je décidais d'être méthodique.

Je devais tout d'abord résoudre le problème affectif de ma Grande Maîtresse.

Le baromètre de vie amoureuse s'était présenté.

Je constatais que le taux était encore plus critique que la dernière fois. Il s'élevait, maintenant, à douze pour cent.

Je visionnais les derniers événements qui auraient pu en être la cause.

Je n'avais pas eu à chercher longtemps.

Ma Grande Maîtresse avait rencontré un autre homme qui, selon les règles de bienséance que j'avais en tête, avait été irrespectueux.

Malgré la grossesse bien installée de sa femme, il agissait sans vergogne.

Les divers reportages que j'avais vus à l'époque, dans la boîte à images m'avaient renseigné sur les mœurs amoureuses des humains.

Certains vivaient leur relation de façon exclusive. Un seul partenaire...

D'autres s'entendaient pour en avoir plusieurs d'un commun accord.

Ainsi, certains étaient capables de fidélité, d'autres non.

Les premiers vivaient, souvent, l'infidélité de l'autre comme une trahison. Les infidèles agissaient, parfois, malgré eux, parfois sciemment.

Peu importait qui était responsable du méfait, la souffrance était tout ce qu'on pouvait en retenir. Il y avait toujours une des deux parties qui était victime de l'autre.

En arrivant à Jana, j'avais parfait mes connaissances et ce à quoi j'avais assisté ne collait pas avec ce que j'en avais retenu.

J'avais, donc, vu ma Grande Maîtresse refuser poliment les propositions de l'homme, avec cette patience qui lui était propre.

Ma mission était finalement compliquée.

Comment allais-je procéder ?

Il me fallait lui redonner confiance en la communauté mâle.

Je voulais lui redonner confiance en l'Homme au même titre que cela m'était nécessaire.

Mais qui serait capable de m'aider à mener à bien ma mission ?

Un tiroir qui m'était inconnu, m'avait proposé des portraits d'homme et leurs traits de caractère.

Un taux de compatibilité avec ma Grande Maîtresse apparaissait pour chaque éventuel prétendant...

Ils étaient plutôt médiocres quand, soudain... quatre-vingt dix huit pour cent !!! J'avais trouvé la perle rare !

J'avais compris que j'allais prendre ma première décision : deux statuettes étaient apparues, une à l'effigie de Xéna , l'autre d'Athéna.

J'avais déduit que Xéna correspondait à un accord, Athéna, un refus.

Mais, je n'étais pas prêt à avoir une influence significative sur la vie de ma Grande Maîtresse.

J'avais peur des conséquences que mes actes pouvaient avoir.

Le tiroir s'était refermé de lui-même.

Je décidais d'y revenir une prochaine fois où je serais plus déterminé.

Il me fallait d'abord faire un test.

Je m'étais souvenu des mots de Xéna, alors qu'elle m'avait révélé la vérité absolue.

« Nous t'offrons l'opportunité d'échapper à ton destin et d'élever les tiens. »

J'allais servir la cause des miens.

Cela signifiait qu'il fallait que les humains améliorent leurs connaissances relatives à mes congénères.

Un autre lapin devait, donc, intégrer ma si regrettée famille.

Cela ferait office de test.

Aussitôt, un tiroir s'était ouvert, dévoilant une dizaine de portraits de mes frères.

J'avais déjà en tête un style bien défini de petit animal de compagnie.

Il devait être différent de moi, jeune, fougueux et vif.

Un candidat était, de suite, sorti du lot.

Il avait plusieurs teintes se rapprochant de celles des feuilles mortes lorsque le froid arrivait : une oreille était grise, l'autre presque jaune.

L'image du lapin, faisant des cabrioles et des petits sauts périlleux, se déplaçait autour de moi et s'était brusquement arrêtée devant moi. Elle attendait mon consentement.

Je touchais l'image du bout de ma patte. Elle avait fait plusieurs tours sur elle.

Un temps infime, le lapin s'était matérialisé. Il me regardait du haut de toute son innocence.

Je ne percevais aucun message de sa part : il était vierge de tout enseignement et bien trop jeune.

Il était parfait. Il allait contribuer à l'apprentissage de ma Grande Maîtresse sur les miens et peut-être, servir notre cause.

Je savais qu'il serait bien accueilli.

Un autre tiroir s'était ouvert, m'exposant différentes façons de l'introduire dans mon ancienne famille.

Ce serait un sauvetage, comme pour moi, sauf qu'il ne serait pas abîmé par la vie et le temps.

J'avais choisi mon scénario.

Ma Grande Maîtresse avait énormément souffert de m'avoir perdu, mais elle avait fini par surmonter toute la peine engendrée.

Il y avait, maintenant, de la place pour un autre lapin.

Elle avait émis le souhait d'adopter un lapin dont on ne voulait plus.

Et c'était le cas.

Elle allait recevoir des petites vidéos d'une de ses amies lui présentant le nouveau compagnon.

Elle n'y résisterait pas.

Elle prendrait rendez-vous avec la famille d'accueil pour récupérer le nouvel animal de compagnie.

Je voyais les évènements s'enchaîner comme indiqués dans le scénario, jusqu'au moment où le petit lapin avait franchi le seuil de la porte de ma famille.

Après cela, rien n'était prévu.

Malheureusement…

J'avais découvert en temps réel que le nouveau petit compagnon avait rongé les fils de la télévision et les plinthes de la pièce à vivre.

C'était une vraie tornade.

Mais, il avait toute leur affection. Je l'avais ressenti.

Une chose, néanmoins, m'avait contrarié : il tournait sans cesse autour de Xéna, ma douce Xéna.

Elle n'était pas intéressée mais il était persévérant.

Sa fougue et sa jeunesse allaient lui valoir le fait d'être privé de ses attributs sexuels par le Grand Vétérinaire.

Contrairement à lui, j'avais échappé à cette intervention. J'étais calme et beaucoup moins entreprenant. Et surtout plus vieux.

J'avais assisté, un peu envieux, à l'intégration du petit nouveau ou plutôt d' Ulysse.

C'était son nom d'adoption, un nom de héros d'après les recherches que j'avais faites.

Ulysse était un héros de la Grèce antique, connu pour sa ruse et son courage. Il avait fait un long voyage semé d'embûches, qu'on appelait aussi l'odyssée, pour retrouver sa terre et sa famille.

Ma Grande Maîtresse était douée pour trouver des prénoms qui nous allaient bien : Ulysse n'avait l'air nullement intimidé par les chats. C'était même une vraie terreur. Il tenait Athéna, Seya et Coco en respect.

Il se faisait un malin plaisir de les courser à chaque fois qu'ils étaient sur son chemin. Il n'y avait que Xéna qui lui tenait la dragée haute.

Il avait tenté à plusieurs reprises de l'intimider mais elle lui avait donné à chaque fois un coup de pattes sur le haut de la tête.

Aucune volonté de faire mal dans ce geste, à part celle de conserver son statut de bonne doyenne.

Je ne l'en aimais que plus : quelle autorité !!!

Ulysse s'habituait parfaitement bien à la vie au sein de ma famille.

Il avait bien compris que la cage et le clapier étaient à lui. Tant et si bien qu'il pourchassait quiconque osait se trouver dans ses propriétés. Il avait l'insouciance de la jeunesse, ce dont j'avais manqué.

J'avais continué à regarder Ulysse.

Il avait l'air heureux surtout lorsqu'il faisait des bonds dans tous les sens, secouant sa mini crinière de lion.

Parfois, il simulait des scènes de traque avec d'hypothétiques prédateurs, courant en zigzag, s'arrêtant brusquement pour reprendre aussitôt une course effrénée.

C'en était presque comique.

L'introduction d'Ulysse m'avait épuisé.

Mon plateau était arrivé : Des fanes de carottes, de la pomme et de l'eau fraîche.

Alors que mes paupières commençaient à s'alourdir, l'image de Xéna était là, à m'observer de ses grands yeux dorés.

De sa voix douce, elle m'avait félicité pour cette première expérience.

Elle s'était, alors, allongée de tout son long, près de moi, léchant délicatement ses pattes pour les rabattre sur ses oreilles parfaites.

X

À mon réveil, comme à l'ordinaire, j'étais seul. J'avais dormi, profondément.
Pas de rêve...
A vrai dire, j'avais eu ma part, avant de tomber de fatigue...
Après mon rituel quotidien, étirements et eau fraîche, je m'étais demandé si Malaki allait me rendre visite aujourd'hui.
Des conseils avisés, des critiques...
De quoi serait fait le monologue du jour ?
Malaki ne s'était pas fait attendre.
La voix impersonnelle flottait autour de moi.
« Bonjour, Albator. Nous t'avons longuement observé pour ton premier envol. Et nous avons pu apprécié ta prudence et ta bienveillance.
Il semblerait que tu aies un don d'empathie. Nous avons si souvent assisté à l'indifférence de certains élèves-exécutants.
C'est bien. Ainsi tu n'es pas tombé dans le piège de la précipitation et du pouvoir.
Nous nous sommes, d'ailleurs, félicités pour la confiance que nous t'avons accordée.

Tu es réfléchi et penses aux conséquences que tu pourrais engendrer.

Et c'était vraiment une excellente idée de commencer par un essai.

Nous n'allons pas te déranger plus longtemps.

Il était juste important pour nous, que tu saches que nous apprécions cette empathie.

Mis à part ces encouragements, j'ai également une information à te fournir : Une assemblée va avoir bientôt lieu.

Tu es, donc, invité à t'y rendre.

Pour cette fois, tu n'as rien à présenter mais tu pourras te servir d'exemples pour les prochaines réunions..

Encore bon courage à toi, pour le reste de ton ouvrage, Albator.

A bientôt. »

Deux fines volutes de fumée grise et blanche avaient signé le départ de Malaki.

Il m'avait semblé y distinguer deux petites oreilles. Mais, je n'en étais pas certain.

Mon esprit s'était, rapidement, remis à la tâche, poussé par une force inconnue.

Je repensais, alors, à ce mâle qui totalisait un score de quatre-vingt dix huit pour cent, sur l'échelle de l'alchimie avec ma Grande Maîtresse.

Le tiroir s'était ouvert.

J'avais choisi la statuette de Xéna pour signifier mon accord.

Plusieurs petites maquettes s'étaient présentées à moi mettant en scène les deux humains.

Et, l'une d'elles m'avait, particulièrement, plu.

Ma Grande Maîtresse serait sensible à ce scénario.

Je le sentais.

Elle serait traînée, contre son gré à une fête, par une de ses rares amies.

D'un naturel solitaire, elle serait de mauvaise humeur et n'aurait pas envie de se mêler à la foule. Son amie, reconnaissante pour cet effort, la prendrait dans ses bras pour la remercier. Et cela suffirait à chasser son côté grognon du moment.

Elles iraient danser toutes deux à s'en couper le souffle, riant et chantant, avec insouciance.

Essoufflée, ma Grande Maîtresse irait s'adosser contre un mur pour se reposer un peu.

De l'autre côté de la salle, un homme l'aurait vue tournoyer, aussi légère qu'une plume.

Il serait tombé sous son charme et se déciderait à réduire la distance qui se trouverait entre lui et elle. Habité par une audace passagère, il l'inviterait à danser.

Malgré la pénombre, la sueur et l'inconnu, elle accepterait.

Plus grand qu'elle, il sentirait le doux parfum de vanille et de coco de ses cheveux.

Elle fermerait les yeux, blottie contre lui, pour s'enivrer de l'odeur d'herbes fraîchement coupées et épicées que la peau de l'homme laisserait exhaler.

La foule, autour d'eux, n'existerait plus.

Ils seraient seuls, dans un parfait moment d'alchimie. Elle baisserait, enfin, sa garde et lui, conscient de la fragilité de l'instant, serait délicat.

Tout serait parfait.

À regarder défiler les images, je n'avais pas réalisé que le baromètre était monté à soixante-dix huit pour cent et continuait son ascension.

Il avait stagné à quatre-vingt quinze pour cent.

C'était pas mal.

Je me disais que j'allais enfin pouvoir la remercier pour cette vie extraordinaire.

XI

Je décidais de passer à autre chose pour pouvoir être inventif sur un éventuel prochain scénario.

J'étais, alors, tombé par hasard sur l'un des plus surprenants appels à la rébellion des animaux.

Se dandinant devant un public d'enfants déchaînés et scandant les paroles improbables de sa chanson, une femme brune, au visage poupon, affublée, d'une robe de fillette chantait "Ce matin, un lapin a tué un chasseur !".

J'étais sans voix.

Je n'étais pas sûr de ce que j'entendais, alors, j'avais repassé plusieurs fois, la mélodie.

"Ce matin est arrivée
Une chose que personne
N'aurait pu imaginer
Au bois de Morte Fontaine
Où vont à morte saison
Tous les chasseurs de la plaine
C'est une révolution, car

Ce matin un lapin
A tué un chasseur [...]

C'était un lapin qui
Avait un fusil

Ils crièrent à l'injustice
Ils crièrent à l'assassin
Comme si c'était justice
Quand ils tuaient le lapin
Et puis devant la mitraille
Venue de tous les fourrés
Abandonnant leur bataille
Les chasseurs se sont sauvés, car

Ce matin un lapin
A tué un chasseur [...]

C'était un lapin qui
Avait un fusil

Bien sûr ce n'est qu'une histoire
Inventée pour la chanson
Mais chantons-leur cette histoire
Quand les chasseurs reviendront
Et s'ils se mettent en colère
Appuyés sur leurs fusils
Tout ce que nous pouvons faire
C'est de s'en moquer ainsi [...]

Ce matin un lapin
A tué un chasseur
C'était un lapin qui
Avait un fusil."

(Chantal Goya "Un lapin", 1977)

Bien que complètement enfantine, la chanson était sans ambiguïté.

Cela m'amusait fortement de voir les rôles inversés.

Mais, sincèrement, je ne me voyais aucunement faire preuve de cruauté et abattre un homme et d'ailleurs n'importe quel autre être vivant. Mon combat perdrait de sa crédibilité.

Une citation de Mark Twain, découverte lors de mes déambulations sur internet et reprise par un certain Truman Capote, m'était revenue à l'esprit.

"De toutes les créatures existantes, l'homme est la plus détestable. De tous les êtres vivants, il est le seul, l'unique, le solitaire doué de méchanceté. C'est là le plus bas de tous les instincts, de tous les vices, de toutes les passions - le plus haïssable. Il est le seul qui inflige la douleur par jeu, en toute connaissance de cause. Et il est également le seul de toute la liste à posséder un esprit mauvais."

("Cercueils sur mesure", Truman Capote, Editions Folio. Citations de Mark Twain Page 30)

Je n'étais pas entièrement d'accord avec lui.

Tous n'étaient pas ainsi.

Mais la chasse était l'activité humaine que je pouvais le plus mettre en lien avec le mépris de Mark Twain pour les hommes. Il est vrai que j'avais du mal à comprendre les chasseurs. Ils ne mouraient pas de faim, alors pourquoi tuer, si ce n'était par pur jeu ?... Il fallait que j'arrive à comprendre cette inclinaison et je me promettais d'approfondir mes recherches à ce sujet.

Sortant de ma réflexion, je m'étais rendu compte que la vidéo tournait en boucle.

J'aimais cette ardeur que cette certaine "Chantal Goya" mettait à narguer les chasseurs et cette conteuse avait tout saisi : c'était la jeune génération qu'il fallait toucher car ils seraient à même d'influencer leurs parents et de changer les choses de manière profonde.

Pour exemple, j'avais admiré la prise de position de Loïs, la fille de ma Grande Maîtresse qui, du haut de ses seize ans, avait décidé de devenir végétarienne en signe de contestation envers les conditions d'élevage du bétail.

Elle avait prévenu sa mère bien avant de prendre cette décision et avait fixé une date butoir.

Ma Grande Maîtresse qui ne mangeait pas énormément de viande et qui était plutôt flexitarienne, avait suivi sa fille dans cette initiative.

Fière de Loïs, mais guidée aussi par son amour des animaux, elle avait épousé cette habitude par congruence.

Elle trouvait normal d'être en accord avec les valeurs qu'elle défendait.

C'était la démonstration même de l'impact que pouvaient avoir les nouvelles générations sur les anciennes car elles avaient l'énergie des passionnés.

Peu leur importaient les critiques et moqueries.

XII

Tout cela m'avait encouragé à flâner dans les bases de données relatives aux médias sur Terre.

D'autres marques d'empathie humaine envers les animaux y étaient présentes et me donnaient des raisons d'espérer, en l'occurrence, des divertissements que les humains appréciaient pour oublier leurs soucis quotidiens et se détendre : les séries télévisées.

Passées celles dédiées aux médecins, aux héros fantastiques, à des vampires se nourrissant d'animaux par altruisme (!!!), j'avais jeté mon dévolu sur "La petite maison dans la prairie".

C'était un vieux programme qui perdurait malgré son côté un peu obsolète et qui racontait les aventures d'une famille américaine de pionniers, les Ingalls, au dix-neuvième siècle.

Les valeurs morales, familiales qui y étaient véhiculées, m'avaient presque réconcilié avec l'Homme.

Les gentils étaient toujours triomphants et c'était presque jouissif.

Les histoires étaient parfois un peu simpliste mais la série avait le mérite d'être comprise de tous et de traiter de sujets de société toujours d'actualité.

J'avais même trouvé un épisode qui mettait en avant l'importance de la bienveillance de l'Homme envers les animaux.

Pour une série tournée de mille neuf cent soixante treize à mille neuf cent quatre vingt quatre, c'était plutôt précurseur.

J'aimais bien le personnage de Nellie, la méchante petite fille de la série, qui était une vraie peste mais tenait une place importante dans le caractère moralisateur de chaque épisode.

Dans celui qui avait attiré mon attention, Andy et Laura, les gentils, étaient tombés sur une louve qui s'était malencontreusement retrouvée coincée dans un piège.

Sa patte était en piteux état. Les deux enfants avaient donc décidé de sauver la pauvre bête.

A peine délivrée, la louve, malgré sa blessure, s'était hâtée d'aller dans les sous-bois retrouver ses deux louveteaux.

Désireux de leur venir en aide, les deux enfans avaient emmené la petite troupe dans la grange du père d'Andy.

Au départ, celui-ci n'avait pas voulu accueillir la bête mais son fils lui avait rappelé les valeurs et principes qu'il lui avait inculqués : chaque créature divine avait le droit d'être sauvée et protégée.

Son père ne pouvait , évidemment, pas contester ses dires et avait décidé de cacher la louve et ses petits.

Néanmoins, il avait demandé à Andy de ne rien dévoiler : les loups n'avaient pas bonne réputation, ce qui était d'ailleurs toujours le cas, aujourd'hui…

Evidemment, il n'avait pu tenir sa langue et s'était confié à la pire des personnes, Nelly !

Celle-ci avait dévoilé le secret qui s'était répandu dans le village.

Une meute de chiens abandonnés s'était ruée sur le bétail des fermes environnantes. Bien sûr, les préjugés contre les loups allaient bon train et un fermier avait emmené une de ses bêtes morte, au père d'Andy, en menaçant de tuer la louve qu'il considérait comme responsable. Mais le père d'Andy avait pris sa défense.

Les chiens errants avaient fini par menacer Andy, Laura et ses sœurs qui n'avaient pas eu d'autre choix que de se cacher dans la grange des Ingalls.

La louve, pour les protéger, s'était sacrifiée.

Le père d'Andy était, heureusement, arrivé à temps pour sauver les enfants.

Devant la fureur des chiens, il avait été obligé de faire usage de son fusil.

Andy n'avait pas compris.

Pourquoi les chiens étaient-ils si méchants?

Son père lui avait alors expliqué que ces animaux avaient eu de l'amour de la part de leur maître mais abandonnés et livrés à eux-mêmes, ils étaient malheureux et en colère.

J'avais tellement été étonné de voir qu'une série si ancienne développait déjà des concepts de bientraitance, de bienveillance envers les animaux et la notion de responsabilité humaine.

C'était bien la preuve d'une certaine empathie et d'une prise de conscience grandissante... En tout cas, l'épisode ne laissait pas indifférent.

Mais, en réfléchissant bien, je me disais aussi que les animaux étaient mieux traités avant car il n'y avait pas cette notion d'élevage de masse avec cette idée de productivité à outrance.

L'Homme semblait en vouloir toujours plus quelles que soient les conséquences. J'étais arrivé aussi à cette conclusion en repensant au discours de L'abeille sur les gaz à effets de serre.

Dans un autre genre, j'avais regardé une série que ma Grande Maîtresse affectionnait.

Elle mettait en scène les enquêtes d'un drôle de petit homme, qui ne changeait jamais de tenue, appelé Columbo.

Sa stratégie consistait à se faire passer pour un imbécile et ainsi, endormir le coupable. Celui-ci en confiance se laissait bêtement avoir.

Je trouvais cela brillant.

Par moment, je m'étais identifié à ce héros pas ordinaire : je me disais que je ne payais pas de mine et pourtant Dieu m'avait remarqué.

Et comme L'abeille aimait si souvent le dire, elle qui avait lu,

maintes et maintes fois, "Le seigneur des anneaux" :
« *Même la plus petite des personnes peut changer le cours de l'avenir.* »

Pour me relaxer, je décidais, donc, de visionner l'épisode intitulé "Jeux de mots".

Un docteur expert, réputé dans le domaine de la recherche sur le contrôle de l'esprit, y utilisait ses compétences pour assassiner son meilleur ami et assistant. Pour ce faire, il s'était servi de ses deux Dobermans, Laurel et Hardy.

En soi, c'était un épisode comme les autres, si ce n'est que le meurtrier n'hésitait pas à faire porter le chapeau à ses chiens qui risquaient alors d'être abattus.

Aucun scrupule de la part du meurtrier. Et ça me rendait triste pour ces deux fidèles compagnons.

Je suivais, donc, l'épisode avec attention comptant sur la ruse et l'intelligence de l'inspecteur.

Au moment du dénouement, j'étais heureux de voir que Columbo avait plaidé la cause des animaux et les avait sauvés de leur triste sort.

Le meurtrier avait conditionné les deux pauvres chiens à agir violemment lorsqu'ils entendaient un mot bien précis et l'inspecteur avait su trouver la faille.

C'était un épisode passionnant et j'avais apprécié de voir que le chien de l'inspecteur, paresseux et pataud, n'avait rien d'extraordinaire.

On échappait au cliché du super héros ayant un super

chien.

Comme à chaque fois, c'était l'épuisement qui me forçait à arrêter mes visionnages et une scène du quotidien sur Terre n'avait pas tardé à me préparer au repos.

Ma Maîtresse était rentrée des courses et avait ramené des cadeaux pour toute la tribu.

Xéna et Coco attendaient, sagement, devant les cartons. Et Seya et Athéna observaient, un peu plus loin.

Coco avait eu une boîte de sardines géante où il pouvait se prélasser. Il s'était, tout de suite, installé à l'intérieur, jouant à cache-cache avec Loïs.

Une petite tente avec grattoir semblait faite pour Athéna qui s'y était aussitôt cachée.

La Grande Maîtresse avait posé sur le canapé, une petite couverture douce, noire avec comme motifs des empreintes de pattes de chats, que Seya avait, immédiatement, adoptée.

Et Xéna, ma douce, avait eu droit à une gourde pour animaux et semblait ravie.

Ulysse, la petite terreur, se délectait, quant à lui, des friandises (Beaphar CARE+®) mises dans sa gamelle et je ne pouvais m'empêcher de le jalouser car ces précieux moments en famille me manquaient...

XIII

J'avais l'esprit encore tout embrouillé, lorsque le son d'un genre de trompette s'était fait entendre.
L'abeille avait, aussitôt, surgi de nulle part, toute excitée.
« C'est l'heure de l'assemblée ! T'es prêt ?!!! De toute façon, c'est ta première assemblée, donc, tu n'as rien à préparer. Ouvre juste bien tes grandes oreilles ! »
L'abeille avait tapé dans ses mains et dit sur un ton solennel :
« Assemblée ! »
J'avais été surpris d'être soulevé et de me trouver immédiatement dans un couloir tortueux qui menait à une grande arène divisée en deux hémisphères.
Un bourdonnement constant et nerveux m'avait assuré de la présence de L'abeille.
Alors que je découvrais les lieux, mon acolyte ne m'avait pas quitté, m'initiant avec entrain, au monde inconnu de l'assemblée.
« Alors, d'un côté, t'as les défenseurs de la cause humaine : les "Tuteurs".
Et de l'autre, tu as les rabat-joies, les méchants, autrement dit les "Opposants".

Ils se disent défenseurs de la cause animale et visent l'éradication de la race humaine. Ce sont les termes qu'ils utilisent lorsqu'ils ne sont pas en présence de Dieu. »

L'arène se remplissait progressivement d'animaux.

L'abeille s'était faite insistante.

« Viens, on va se trouver une place où on pourra tout voir. »

En bon novice, je l'avais suivie.

L'assemblée était composée de toutes sortes d'animaux. Beaucoup m'étaient inconnus. Néanmoins, leurs nom s'étaient présentés à mon esprit comme si je les avais toujours côtoyés, exactement comme à ma première rencontre avec Malaki : Diable de tasmanie, Panda, gerboise, Komondor, Hippocampe, Lézard à collerette...

L'abeille et moi nous étions déplacés, dans un immense brouhaha.

Le vacarme avait été surpassé par une voix railleuse me tirant de mon inventaire animalier :

« Alors?... La vidéo t'a plu?... »

En tournant la tête, l'appellation "Border collie" m'avait traversé l'esprit.

Je ne reconnaissais pas les traits du chien qui se trouvait devant moi, mais les poils qui composaient sa robe me ramenèrent au malheureux sauvetage auquel j'avais assisté dans la base de données.

Il n'avait pas attendu ma réponse et était passé dans l'hémisphère opposé.

Il avait été acclamé par une ovation bruyante. Un ours polaire et un cheval se tenaient à ses côtés, comme une garde rapprochée.

Alors que le chien avait pris place et que je continuais à l'observer, l'hologramme d'un lion avait émis un rugissement tonitruant au centre de l'arène.

L'assemblée était soudainement devenue silencieuse.

Le lion avait disparu, remplacé par des volutes fuyantes et colorées d'une multitude de déclinaisons de vert.

L'abeille s'était rapprochée.

« T'as vu, on dirait une aurore boréale… »

Je n'en avais jamais vue mais, c'était magnifique.

Une voix qui ne m'était pas inconnue, émanait du lumineux camaïeu de vert : c'était Malaki.

Après avoir annoncé le début de la séance, il avait proposé de donner la parole à qui voulait s'exprimer. Néanmoins, il avait précisé que si tel était le cas, la parole devait être prise à bon escient, en exposant les arguments, l'objectif étant d'avoir des échanges constructifs.

En jetant un coup d'œil circulaire, je constatais que l'hémisphère d'en face était bondée d'Opposants. Les Tuteurs étaient bien moins nombreux.

Autant dire que ce n'était pas bon signe pour les humains.

L'Ours polaire qui se tenait à côté du "Border collie" s'était levé.

Malaki avait alors évolué en une teinte bleue.

C'était sûrement signe que l'Ours était autorisé à parler. Celui-ci avait commencé à expliquer ce qu'était le réchauffement climatique.

L'abeille m'avait fait un clin d'œil, toute fière d'elle. Son cours sur le sujet était encore bien présent dans mon esprit. Par conséquent, les informations de l'Ours n'étaient qu'un rappel, pour moi.

Une fois, le dysfonctionnement causé par l'Homme évoqué, l'Ours avait continué en précisant les conséquences sur leurs conditions de vie.

« A cause des gaz à effet de serre, la banquise, notre lieu de vie et de chasse, s'affine et perd en superficie, chaque année. Nous nous nourrissons, d'ordinaire, de phoques qui s'y trouvent, ce qui nous permet d'avoir la masse graisseuse nécessaire pour hiberner. Or, nous pouvons de moins en moins chasser car nous sommes trop lourds pour tenir sur la banquise. Il nous arrive de plus en plus régulièrement de mourir noyés car trop épuisés pour nous maintenir à la surface. »

Il avait cessé de parler quelques instants, laissant échapper un profond soupir.

Une grande tristesse émanait de lui et avait envahi l'arène.

Toute l'assemblée était suspendue à ses lèvres.

L'Ours avait, ensuite, raconté qu'il s'était approché d'un village parce qu'il avait faim.

Il était revenu bredouille de la chasse et avait été attiré par les odeurs de nourriture des humains.

Traqué, il avait fini par être tué pour sa fourrure.

« Dans certains pays, elle est offerte en guise de récompense. »

La colère se lisait, maintenant, dans ses yeux.

Ses derniers mots avaient eu leur effet sur l'assemblée. Des murmures d'indignation parcouraient toute l'arène.

« J'ai perdu, ainsi, nombreux de mes frères... »

Il s'était tu, la voix étranglée par la multitude d'émotions qui l'habitaient.

Alors qu'une clameur de plus en plus assourdissante montait dans les hémisphères, un autre Ours polaire avait demandé à prendre la parole. Cette fois-ci, c'était un Tuteur qui témoignait.

« Je comprends ta douleur, mon frère, mais... tous les hommes ne sont pas comme ça.

J'ai moi-même connu un homme avec qui j'avais tissé des liens. Il se contentait de m'observer et de venir me voir régulièrement.

Jamais, il ne m'a fait de mal. Et je suis mort de vieillesse parce que j'ai su me tenir à l'écart de ses congénères.

Nous ne sommes pas faits pour côtoyer les Humains. Ils sont soumis à des coutumes que nous ne connaissons pas et que nous ne comprenons pas. »

L'abeille m'avait éclairé sur ce qui m'échappait complètement, en chuchotant.

« Il parle de commerce. On regardera ça, dans la base, plus tard. »

L'assemblée était redevenue silencieuse et écoutait, respectueusement, le nouvel intervenant. Mais c'était sans compter sur son antagoniste.

Le premier Ours s'était levé, indigné.

« Comment peux-tu les défendre ?... Chaque jour, ils tuent nos frères... »

La teinte de Malaki avait viré au rouge.

L'Ours s'était assis, avec rage, ravalant ses larmes.

L'autre Ours était resté debout.

« J'ai perdu des frères, moi aussi. Mais, je préfère défendre ceux qui nous respectent et luttent pour que notre habitat soit respecté. Bien que la cause soit presque perdue, car notre nombre tend à diminuer, jour après jour, je ne souhaite pas leur mort. »

Il s'était rassis, cherchant le regard de son frère. Mais celui-ci était trop en colère et avait gardé la tête baissée.

Un Renard, appartenant aux opposants, avait aussitôt pris la parole après avoir eu l'autorisation bleutée de Malaki.

Il avait été traqué par des chasseurs et une meute de chiens. Il était mort sous les coups de fusil. C'était douloureux, rapide mais selon lui, inutile.

« Les hommes n'ont pas besoin de nous tuer. Ils ont de quoi manger et de quoi se couvrir, bien plus que de nécessaire. Pour eux, c'est un jeu. Nous sommes des divertissements.

Et je me refuse à comprendre cette barbarie. »

Un autre Renard, un Tuteur, cette fois-ci, avait alors demandé à pouvoir intervenir en se dressant sur ses pattes arrières.

« Moi, je suis mort dans les mêmes conditions. J'ai, par la suite, été jeté sur le véhicule d'un homme que les chasseurs visaient.

Cet homme est un défenseur de notre cause et j'ai vu, avec quel acharnement, ils essaient de l'intimider pour qu'il stoppe toute entreprise pour empêcher notre chasse. Et je souhaite, aujourd'hui, souligner que certains hommes mettent leur vie en péril pour nous défendre. »

Le récit du Tuteur avait suscité quelques chuchotements dans l'auditoire.

L'abeille m'avait, discrètement, expliqué que l'animosité que les hommes pouvaient avoir les uns envers les autres, étaient toujours source de grand étonnement.

Malaki avait donné la parole à un Âne qui se trouvait du côté des opposants.

Il avait raconté un acte d'une grande cruauté : il avait été jeté en pâture à des lions suite à un désaccord entre humains.

Cette fois, l'hémisphère opposé n'y tenait plus. La colère grondait et le silence n'était plus.

Les animaux avaient manifesté leur rage, en émettant leur cri.

Rugissements, beuglements, mugissements, piaillements, tous plus forts les uns que les autres avaient empli l'arène. C'était étourdissant.

Les vertiges avaient commencé à m'assaillir. J'étais fatigué d'entendre le récit de tous ces actes de cruauté.

J'avais ressenti au plus profond de moi les souffrances évoquées et c'était insoutenable.

Je m'étais demandé si j'allais avoir la force de lutter pour si peu de bonnes âmes.

Une onde bleutée était revenue imposer le silence.

Une Mésange s'était élevée au-dessus de nos têtes.

Elle avait zinzinulé avec grâce et j'avais compris, sans aucune difficulté, toutes les modulations de son chant.

Elle avait raconté que par une trop grande chaleur, sa mère avait peiné à trouver de quoi les nourrir, elle et ses frères et sœurs.

Elle avait alors expliqué qu'une humaine qui veillait sur eux régulièrement mais à distance avait su déceler l'urgence du moment lorsqu'ils avaient cessé de bouger et d'émettre des sons.

Sa fille et cette humaine les avaient alors recueillis et nourris d'une bouillie qu'elles avaient concoctée.

Amenés très rapidement auprès de vétérinaires compétents, ces humaines les avaient sauvés d'une mort certaine, sa fratrie et elle-même, car leur mère n'était pas revenue.

La Mésange avait continué son discours mais la plainte des

Opposants ne cessait de monter. Elle grondait comme le tonnerre.

Un souffle chaud s'était, soudain, abattu sur l'assemblée, s'adressant au plus profond de nous-même et nous ordonnant de nous taire. Le silence imposé, une vague de bien-être avait envahi l'arène.

Dieu était parmi nous.

Nul n'avait osé émettre un son, pas même le "Border collie".

Une voix forte et profonde avait dominé l'arène. Elle inspirait le respect.

« Il n'est aucunement question d'anéantir la race humaine. Elle est tout aussi importante que vous à mes yeux. Il est vrai que ces derniers temps, je ramène beaucoup d'entre vous à moi, car la souffrance est grande.

Néanmoins, je veux que vous compreniez que vous ne formez qu'Un, du plus petit organisme terrestre au plus grand. »

L'assemblée était immobile et attentive aux mots qui flottaient autour de nous.

« Tu souhaites intervenir, Représentant des "Opposants" ? »

Le Border collie, à qui Dieu avait adressé ces mots, paraissait gêné d'entendre cette question et de se voir appeler, ainsi.

« Tu pensais que je n'avais pas connaissance de ce qui se trame en ces lieux?... Tu penses ne rien avoir en commun avec la race Humaine?... »

Le Border collie était dans une posture de respect, échine courbée, mais vraisemblablement, les mots qui avaient parcouru son esprit étaient autres…

« Mais, dis-moi, si tu es le Représentant des Opposants, qui est celui des Tuteurs ?... »

Personne du côté de notre hémisphère ne bougeait.

Pas un bruit ne s'échappait de nos rangs. Même le bruissement d'ailes de L'abeille était devenu imperceptible.

Le souffle qui était passé à proximité de moi, m'avait presque donné la nausée tant j'étais tétanisé.

J'avais jeté un coup d'œil circulaire sur les Opposants et, sans surprise, croisé le regard narquois du Border collie.

La voix forte et puissante nous avait tous les deux sidérés.

« Albator?... »

J'avais répondu machinalement.

« Oui! »

Je regrettais aussitôt ma naïveté.

« C'est, donc, toi le Représentant des Tuteurs... »

Réalisant subitement que je n'avais pas l'étoffe d'un chef et que je ne voulais pas de cette responsabilité, je m'étais défendu.

« Non, pas du tout !!! »

Un murmure avait parcouru les deux hémisphères.

Je venais de briser le silence et de m'adresser à Dieu.

Tout penaud, j'avais continué, timidement.

« Non, je ne suis pas le Représentant des Tuteurs. Je

répondais juste à mon nom. »

J'aurais voulu disparaître.

Mais Dieu n'avait cessé de me provoquer.

« Tu ne te sens pas à la hauteur?... »

Je m'étais senti pris au piège.

« Euh, non... Les animaux qui sont autour de moi n'ont pas besoin de représentants. Ils n'ont besoin de personne pour les guider dans leurs actions.

Ils sont déterminés et s'ils sont du côté de cet hémisphère, c'est qu'ils ont choisis de défendre la cause de l'Homme contre les "Opposants" qui, eux, forment un groupe et ont apparemment un leader. Mais, je ne désespère pas de les voir rejoindre nos rangs. »

L'assemblée était silencieuse et attendait la réponse de Dieu.

« Tu es conscient que tu es en train de me dire que vous ne formez pas un groupe.

J'ai besoin d'un Représentant pour chaque groupe puisque vos avis vous séparent. Tu comprends cela ?...

Vos informations doivent être centralisées. Aussi, Je te nomme Représentant des Tuteurs... »

J'étais indigné.

« Mais, je ne veux pas ! C'est une tâche qui me dépasse ! »

Malgré le frisson qui avait parcouru l'assemblée, je ne regrettais pas d'avoir été sans nuance. Je ne voulais pas de cette responsabilité.

Je m'apprêtais à argumenter mon refus lorsque...
« ALBATOR !!! »
La voix s'était faite plus autoritaire. Je m'étais tu.
Devant mon silence, une douce chaleur m'avait gagné et la voix s'était radoucie.
« Maintenant, nous pouvons continuer. Qui, dans cette assemblée, pourrait répondre à cette question ?

Est-ce la poule qui vient de l'œuf ou l'œuf qui vient de la poule ?... »

L'abeille et moi nous étions regardés, interloqués.
« J'entendrais les doléances du groupe qui me donnera la réponse en premier. »
L'assemblée était silencieuse.
Même le Border collie avait relevé la tête pour m'observer.
L'arène, jusqu'alors, baignée d'une douce chaleur, était redevenue froide et impersonnelle.
Dieu n'était plus parmi nous.
Alors que j'étais tout à mes pensées, je n'avais pas vu l'attroupement qui s'était formé autour de moi.
Je ne voulais pas de ce statut et l'angoisse m'avait gagné, peu à peu.
J'avais la nausée.
Mon regard s'était posé une dernière fois sur le pauvre Âne, avant de voir l'arène tournoyer et d'entendre le

bourdonnement de L'abeille s'éloigner progressivement.

Je n'étais plus maître de mon corps, mais je voyais clairement un vieux Lion me regarder avec insistance et rugir, avec un air entendu :

« Dieu ramène ses créatures à Lui. C'en est fini du règne des Humains… »

J'avais tenté de le rattraper pour en savoir plus, mais mes pattes avaient avancé au ralenti. J'avais essayé de l'appeler mais les sons étaient restés coincés dans ma gorge.

Je m'étais débattu comme je pouvais pour rester à sa hauteur, mais en vain … Il courait plus vite que moi.

XIV

J'avais ouvert les yeux et réalisé que j'étais en plein cauchemar.
J'entendais les battements de mon cœur comme s'il avait été dans mes oreilles.
Je n'avais pas vu, de suite, la gamelle d'eau à mes côtés.
J'étais en sueur, haletant...
Mon calme revenu, je m'étais désaltéré.
Encore sous le choc, la voix de Malaki m'avait sorti de ma torpeur...
L'image de Xéna flottait devant moi.
Sa robe grise et blanche, ses yeux dorés détonnaient avec la voix impersonnelle qui me parvenait.
J'avais essayé de retrouver dans son regard, cette douceur qui était si particulière à Xéna mais tout y était froid.
« Bonjour, Albator.
Comment vas-tu?
Tu as perdu connaissance peu avant la fin de l'assemblée. »
J'avais encore en tête l'image et les mots du lion et je peinais à me concentrer sur ce qu'avait dit la voix... la voix de Malaki qui sortait du corps de ma douce.
Elle insistait.

« Albator ! »

Je m'étais enfin décidé à lui répondre.

« Oui, ça va. »

Son ton se voulait maintenant rassurant.

« La première assemblée est toujours éprouvante. La foule, la dureté des récits et le transfert mettent le corps à rude épreuve. Souvent, perdre connaissance est un mécanisme de défense contre l'afflux d'émotions. Tu n'es pas le seul à qui cela arrive. »

Il s'était arrêté de parler afin de s'assurer que j'allais bien.

Il avait dû considérer que je me portais comme un charme car il avait repris son monologue.

« Tu es assez doué et tu apprends vite. Avec ce formidable don d'empathie, tu serais un très bon atout pour nous...

Après toutes ces émotions, te sens-tu prêt à continuer à œuvrer pour la cause humaine et celle des tiens ? »

Une volute bleue avait accompagné ses paroles.

Pour la première fois, j'étais autorisé, et même invité à prendre la parole.

Pendant son discours, une chose m'avait plus que perturbé : son apparence.

« Eh bien... Je ne comprends pas très bien. Êtes-vous réellement Xéna, ma Xéna, sur Terre ou êtes-vous juste Malaki ?

Et puis, où se trouve Estrah ?

Pourquoi n'y vais-je jamais ? »

Un lourd silence s'était installé entre nous.

« Tout d'abord, nous prenons l'image qu' il te plaît d'avoir à tes côtés. Et celle-ci est toujours présente à ton esprit.

Nous avons pensé qu'il te serait plus agréable d'avoir un interlocuteur visible. Mais, Nous pouvons y mettre un terme si tu le souhaites...

Quant à Estrah, tu ne pourras y accéder qu'au terme de tes missions.

Pour le moment, tu es un représentant trop important pour te décharger de tes responsabilités. Et Nous souhaiterions te garder parmi nous. »

J'avais pris une grande inspiration.

La frustration de plusieurs jours, mois ou années sans m'exprimer faisait voler en éclats tout ce en quoi j'avais voulu croire.

Même s'il m'avait fallu disparaître à tout jamais, je souhaitais plus que tout au monde, même pour une minute, retrouver les miens et Xéna que j'avais quittés.

Assister à cette assemblée m'avait éprouvé au plus haut point.

J'étais déstabilisé et je n'avais plus de repère.

Je m'étais attendu à avoir L'abeille à mes côtés, à mon réveil. Au lieu de cela, j'avais eu un usurpateur.

J'étais en colère. Et peut-être, finalement, à bout.

J'étais devenu immortel, mais j'étais seul.

Je vivais par procuration et ce monde n'était pas le mien.

Même si L'abeille était devenue mon amie, les miens me manquaient.

Je n'avais prononcé aucun mot mais je savais que ce n'était pas nécessaire. Mes pensées étaient leurs.

L'image de Xéna avait disparu. Seule restait la voix.

« Il est impossible pour toi de retourner parmi les tiens. Nous t'avions clairement exposé les faits et tu avais accepté les conditions.

Tu as, malheureusement, pris ta décision. »

J'avais senti la colère grandir en moi. Le stress accumulé me faisait perdre mon calme.

« Je sais. Mais, je ne pourrais pas continuer comme il se doit, si je n'ai pas de répit. Je dois les voir. »

Malaki avait, comme, laissé échapper un soupir et disparu dans la foulée.

XV

Le silence était revenu. J'étais épuisé.

Comme à chaque fois où j'avais besoin de réconfort, des images de ma famille étaient venues à ma rescousse.

J'avais assisté à une séance de papouilles entre ma Grande Maîtresse et Xéna mais en y regardant de plus près, ça ressemblait plus à une inspection.

Ma Grande Maîtresse cherchait, sûrement, à travers la fourrure de ma Douce, des parasites, des puces tandis que Loïs regardait minutieusement ses oreilles.

Tout ceci commençait sérieusement à m'intriguer car lorsque j'étais sur Terre, Xéna m'avait effectivement parlé de petites tumeurs bénignes qu'elle avait au creux de l'oreille. Elle m'avait alors dit que ce n'était pas inquiétant.

Pendant que j'étais plongé dans mes souvenirs, ma Grande Maîtresse avait pris son téléphone en main.

La secrétaire du cabinet vétérinaire avait fixé un rendez-vous en urgence.

Mon esprit avait tout de suite carburé.

Et si Xéna était malade?

Ma Grande Maîtresse entamerait-elle une thérapie?

Je souhaitais, de tout cœur, que ma Douce me rejoigne

mais les conditions étaient claires, la chimiothérapie ne devait pas être entamée pour que le processus d'introduction à Jana puisse opérer.

Xéna avait dû y réfléchir aussi, car elle semblait agacée par tout ce cérémonial. Elle avait miaulé plus fort que d'ordinaire et balancé nerveusement sa queue de gauche à droite.

L'inspection terminée, elle était partie se réfugier dans la chambre de ma Grande Maîtresse, devant la baie vitrée.

C'était sa manière de se concentrer et de se calmer : elle observait les jardins environnants et le ciel cotonneux sans fin. Je l'avais vue retrouver sa sérénité.

Coco était venu s'installer, à ses côtés, sans bruit.

Tous deux regardaient le ciel, sans mot dire.

Je m'étais promis de suivre, sans faute, la séance, chez le vétérinaire car il fallait que je sache.

Mon inquiétude m'avait empêché d'entendre le bourdonnement de L'abeille.

Son arrivée tombait à pic. Je n'avais pas envie d'être seul.

« Tu as l'air d'être préoccupé, Lapin-Lapin ! ça ne va pas ?... »

Je n'avais pas envie d'en discuter.

« Ecoute, on en parlera plus tard, si tu veux bien... »

L'abeille était compréhensive et ne m'avait posé aucune question.

« OK. N'en dis pas plus. Je vais t'emmener ailleurs. »

Elle avait frappé dans ses mains et prononcé "Moonkar".

A peine avait-elle agi que je m'étais trouvé installé en position allongée.

Je pouvais voir une troupe d'éléphants au milieu de dinosaures, autour desquels virevoltaient des oiseaux disparus sur terre, dans un paysage paisible, paradisiaque.

Une mélodie flottait dans l'air.

A lovely day

Un jour formidable

... lovely day, lovely day, lovely day...

... Un jour formidable, jour formidable, jour formidable...

(Bill Withers "Lovely day" 1977)

Puis la vision s'était évanouie comme si une fenêtre s'était refermée.

Un silence assourdissant s'était installé.

Après cette vision improbable, je m'étais tourné vers L'abeille.

J'avais une désagréable sensation qui m'étreignait le cœur.

L'abeille avait compris que je voulais en savoir plus.

« C'est une extension de Jana : Moonkar. C'est le domaine des animaux en voie de disparition ou disparus. »

Mais quelque chose m'échappait.

« Je ne comprends pas. Il reste encore de nombreux éléphants sur terre... »

Je n'avais jamais vu cette tristesse dans les traits de L'abeille.

« Oui, c'est vrai, mais c'est perdu d'avance. Même si

certains hommes les défendent, les braconnages et la malveillance ont fait trop de dégâts. Leur disparition est incontournable. Ils sont bien mieux, ici. »

J'avais alors pensé à ma Grande Maîtresse et Loïs.

« Moi, je suis confiant. Il y a des hommes qui se battent pour leur survie. »

Mais, L'abeille n'avait pas le même point de vue que moi.

« Il est là le problème. Ils survivent… »

Conscient de nos divergences d'opinions, j'avais abandonné l'idée d'argumenter.

J'aurais tellement voulu être sûr de pouvoir compter sur la bienveillance et la prise de conscience des hommes.

L'atmosphère était devenue pesante et heureusement, L'abeille, fidèle à elle-même, était passée de la gravité à la légèreté.

« Et si on se regardait le film sur Albator ?!!! »

En mon for intérieur, j'avais remercié avec gratitude le caractère enjoué de mon amie.

J'étais partant pour me changer les idées, alors j'avais accepté sans hésiter.

Confortablement installé, j'avais écouté une voix off planter le décor.

"Dans un futur très lointain, l'espèce humaine partit à la conquête de l'univers. La population humaine augmenta massivement.

Cinq cent milliards d'êtres humains avaient colonisé

l'espace. Cette croissance vertigineuse finit par épuiser les planètes colonisées et le taux de natalité commença à s'effondrer. L'espèce humaine entra dans une période de déclin inexorable.

En proie au désespoir, des milliards de colons voulurent revenir sur Terre mais la petite planète ne pouvait pas tous les accueillir.

Un conflit ne tarda pas à éclater. La guerre du retour fut aussi longue que sanglante. Un nouveau pouvoir, la Coalition Gaïa, émergea et mit fin à cette guerre.

La Terre devint un sanctuaire éternel auquel nul n'avait accès, un symbole de paix que les humains mourants des colonies n'avaient plus que le droit de contempler.

Un seul homme refusa de se soumettre à ce nouvel ordre, un corsaire de l'espace que la légende proclamait immortel, pillant et détruisant les vaisseaux de la Coalition Gaïa. L'homme le plus recherché de l'univers, numéro de code S00999..."

J'avais alors souri. C'était Albator...

J'étais vraiment reconnaissant envers L'abeille pour ce moment d'insouciance.

A la fin du film, elle s'était tournée vers moi et avec une voix que je ne lui connaissais pas, elle s'était confiée.

« Tu sais, Albator, je suis heureuse que tu aies pris la bonne décision.

Tu n'en as pas conscience mais si tu avais décidé de rester

sur Terre avec ta maîtresse, ou même refusé de plaider la cause animale, tu serais parti à Moonkar.

Tu n'aurais même pas idée de l'enjeu de notre engagement…

Mais surtout, je n'aurais pas eu d'ami… »

J'étais resté silencieux, surpris par son inhabituelle sensibilité.

Une larme avait perlé de ses grands yeux noirs ourlés d'une multitude de cils et de duvets.

Comme à l'ordinaire, elle s'était éclipsée aussi vite qu'elle était apparue, ne me laissant pas le temps de lui dire qu'elle me permettait de ne pas sombrer dans la folie.

XVI

Cet intermède avait laissé place à ce qui me préoccupait.
J'avais été témoin de la visite chez le vétérinaire.
Le Dr T était là. Il avait, minutieusement, ausculté Xéna.
« Bon, c'est assez inflammatoire, tout çà. Elle doit se gratter... Je vais vous donner une crème anti-inflammatoire pour voir si ça va mieux et on verra, par la suite.
Pour l'oreille, je ne suis pas inquiet. Ce sont des tumeurs bénignes. Mais, pour la patte, on va attendre de voir après quinze jours de traitement.
Bon, en tout cas, elle a pas grossi, c'est bien. »
Le reste de la séance avait été l'occasion d'évoquer la deuxième crise sanitaire qui faisait rage.
Entre soignants, c'était inévitable !!!
Finalement, Xéna était sorti avec un petit pansement violet à la patte arrière droite, ajoutant de la grâce à sa démarche de princesse.
J'avais laissé malgré moi, échapper un soupir. Elle était vraiment belle. Enveloppée mais le port altier.
Le vétérinaire ne cessait de dire qu'il fallait qu'elle perde du poids mais moi, je l'aimais ainsi. Avec toutes ses rondeurs.
Je la trouvais parfaite.

J'avais suivi tout ce petit monde jusqu'à la maison.

Tous étaient venus voir Xéna pour savoir ce que le vétérinaire avait dit.

Il n'y avait aucune inquiétude à avoir alors les habitudes avaient repris le dessus.

Dans la chambre de ma Grande Maîtresse, Athéna dormait paisiblement. Installée sur une couverture polaire, dans le bas de l'armoire, elle goûtait pleinement aux délices de ce qu'elle appréciait le plus au monde : la quiétude.

Enfin, dans la pièce à vivre, la Grande Maîtresse s'activait aux fourneaux, pendant qu'Ulysse sautait comme un cabri, faisant des aller-retours entre le coin cuisine et le balcon, le vent passant dans sa crinière aux teintes de blé.

J'avais commencé mes recherches sur l'énigme de la poule et de l'œuf, pensant que les bases de données divines m'auraient facilité la tâche mais il n'en était rien. Les réponses à la question avaient été censurées.

Il allait falloir mener l'enquête à taton comme Columbo.

En observant ma famille, je me disais que la solution était là sous mes yeux, bien plus profonde qu'elle n'y paraissait mais elle était là.

J'étais exténué comme si j'avais couru pendant une éternité.

Alors que je regardais Ulysse, sur la terrasse, crinière ondulante, face au soleil couchant, je ne pouvais m'empêcher de le jalouser...encore une fois.

Ma Grande Maîtresse avait veillé sur moi comme une mère

mais j'enviais cette confiance qu'elle avait en Ulysse.

Elle était sûre qu'il ne lui arriverait rien.

Elle laissait sa cage ouverte et Ulysse sans surveillance, persuadée qu'il ne pouvait pas tomber, contrairement à moi.

Mais pour avoir observé le petit compagnon, j'avais été forcé d'admettre que ma Grande Maîtresse avait raison.

Il approchait du bord du balcon avec méfiance et restait scrupuleusement dans sa cage, sous la table de jardin ou près de la baie vitrée, mais jamais aux limites du balcon.

Il avait conscience du danger.

Par contre, là où moi, j'avais eu droit à un pouf, Ulysse, lui, pouvait se prélasser dans un fauteuil et se défouler sur une mini air de jeu...

En tout cas, je ne faisais pas autant de bêtises que lui...

Un soupir s'était échappé de moi : Loïs et sa mère étaient vraiment de bonnes maîtresses car le comportement turbulent d'Ulysse n'entachait en rien l'amour qu'elles avaient pour lui.

Bon nombre de maîtres auraient voulu s'en débarrasser...

Sans m'en rendre compte, j'avais fini par m'endormir.

A mon réveil, la séance chez le vétérinaire s'était affichée, sans volonté de ma part, tout naturellement.

Ce jour-là, ce n'était pas le Dr T qui avait pris en charge Xéna.

Les choses semblaient sérieuses et il fallait, sûrement l'avis d'un spécialiste.

Comme la Grande Maîtresse, il avait inspecté la fourrure et les oreilles de Xéna.

Ma douce se laissait faire sans broncher.

Moi, j'attendais avec impatience le diagnostic du Dr D.

« Oh, je ne suis pas du tout inquiet. Les petites excroissances présentes dans l'oreille sont bénignes et celles sur le flanc et sur la patte, aussi. La crème anti-inflammatoire a bien fait effet. On va pas l'embêter avec une intervention, à part si leur taille augmente. »

Pour finir, le Dr D avait repris le même leitmotiv : Xéna devait perdre du poids mais pour aujourd'hui, celui-ci n'avait pas bougé, alors c'était très bien.

Je l'avais vue prendre un air renfrogné en entendant ces mots et je ne la trouvais que plus belle.

Alors que je continuais à m'attendrir devant sa mine boudeuse, une mélodie s'était élevée autour de moi.

"**You're just too good to be true**
Tu es simplement trop bien pour être vraie
Can't take my eyes off you
Je ne peux pas te quitter des yeux
You'd be like heaven to touch
Tu serais comme le paradis à toucher
I wanna hold you so much
J'ai tellement envie de te serrer dans mes bras
At long last love has arrived
Enfin l'amour est arrivé

And I thank God I'm alive
Et je remercie Dieu d'être en vie
You're just too good to be true
Tu es simplement trop bien pour être vraie
Can't take my eyes off you
Je ne peux pas te quitter des yeux [...]
(Gloria Gaynor, "Can't take my eyes off you" 1998)

J'avais continué à les suivre et à participer à distance à leur soirée.

J'avais assisté à un événement qui avait marqué ma Grande Maîtresse. Elle l'avait même relaté dans un livre qui racontait mon histoire, "Albator ou la vie à tout prix...". Tels étaient ses mots :

"Le sort semblait s'acharner sur notre tribu.

Alors que je préparais le repas du soir, je m'étais rendue compte qu'Ulysse n'était plus à sa place habituelle sur le balcon. Il aimait prendre l'air, près de la vitre, en me regardant m'activer à l'intérieur. Mais là, pas d'Ulysse.

Loïs avait pris la lampe-torche pour vérifier chaque recoin du balcon. J'étais en panique. La nuit était noire et aucune forme n'était visible en contrebas. Comme pour Albator, j'avais dévalé les escaliers.

Avec appréhension, j'avais attendu quelques secondes, que la lumière du parking éclaire l'endroit où Albator était tombé. Mais là, toujours pas d'Ulysse.

Malgré la lumière, certains recoins restaient sombres. Loïs et moi avions commencé à regarder sous les voitures, mais c'était difficile d'y voir clairement. Sur le balcon, la Grande criait son angoisse en nous voyant chercher derrière chaque buisson.

Ne trouvant aucune trace d'Ulysse, j'avais soudain regardé Loïs.

"T'es sûre d'avoir fermé les chambres ? Il est peut-être dans une des chambres ?"

Avec tout l'espoir du monde, j'avais remonté les escaliers.

Mais, j'étais sûre de moi : je n'avais pas fait rentrer Ulysse lorsque la Grande avait demandé à revenir dans le salon.

Néanmoins, j'avais récemment remarqué qu'Ulysse, qui allait bientôt avoir un an, avait la force nécessaire pour pousser la porte du balcon.

J'étais désemparée.

Avec la pire des craintes, j'avais tourné la clé dans la serrure..."

("Albator ou la vie à tout prix", Marie Souton, 2020
Page 133,134)

En lisant tout cela, je m'étais rendu compte du traumatisme que ma mort avait laissé et j'étais ému de voir à quel point ma famille continuait à m'aimer.

Cela m'avait réconcilié avec Ulysse.

En tournant la clé dans la serrure, le cœur prêt à exploser, ma Grande Maîtresse avait trouvé devant la porte le petit coquin, debout sur ses pattes arrière, revenant sûrement d'une des chambres. Il avait détalé à toute vitesse laissant penser qu'il avait fait une bêtise.

Soulagée de voir qu'Ulysse se portait comme un charme, ma Grande Maîtresse s'était, aussitôt, rendue dans sa chambre, seule à être restée ouverte.

Le sol y était jonché de morceaux de plastique noir rongé par le petit diable : il avait attaqué le fil électrique du radiateur, maintenant inutilisable.

Ma Grande Maîtresse avait laissé échapper un soupir d'effroi en constatant les dégâts mais son soulagement était tel qu'elle s'était juste dit que dorénavant les portes des chambres resteraient bien fermées.

Elle avait soudain pensé à Loïs qui continuait à chercher le petit Ulysse en bas dans le parking. Appuyée contre la rambarde du balcon, au même endroit où elle avait aperçu mon corps dans la pénombre de la nuit, ma Grande Maîtresse avait crié à sa fille que le petit monstre était à la maison.

Loïs était dans le salon, deux minutes plus tard.

L'histoire du fil électrique lui avait été rapportée.

« Tu préfères perdre ton radiateur ou ton lapin ?... »

Ma Grande Maîtresse n'avait rien répondu, mais la réponse

était évidente.

Que pouvait représenter un radiateur d'une centaine d'euros face à la vie de leur petit compagnon ?

Ce soir-là, mes Maîtresses n'avaient pas eu grand appétit. Ça avait été trop d'émotions pour elles.

Ulysse, épuisé par ses frasques, dormait profondément sur sa petite plate-forme dans sa cage.

La paix était revenue dans le foyer et Xéna veillait sur tout ce petit monde, les yeux mi-clos, allongée de tout son long, sur le canapé.

Je m'étais imaginé être à ses côtés.

J'avais, alors, senti mon corps s'alourdir et comme un vide encore plus grand que d'ordinaire, sous moi.

Les vertiges m'assaillaient jusqu'à me donner la nausée et j'avais fermé les yeux pour pouvoir supporter ce malaise qui s'était emparé de moi.

J'avais entendu la voix de L'abeille me dire que j'avais bien de la chance d'avoir trouvé un foyer sécurisant et chaleureux.

J'avais perçu son bourdonnement dans mes oreilles.

Puis, plus rien. Juste la nuit noire et totale.

XVII

À mon réveil, j'avais mal partout. J'étais allongé sur une surface dure.

Il faisait noir mais je pouvais sentir l'odeur du foin et une lointaine odeur de camomille.

En me mettant sur mes pattes, tentant d'avancer et de savoir où je me trouvais, j'avais été surpris de me heurter à un genre de mur grillagé.

Je m'étais alors dit que c'était peut-être la colère de Dieu qui m'avait mené là où j'étais, dans le néant ou un trou noir.

Mais les trous de noir sont sans limite et n'ont pas de paroi...

J'étais sûrement condamné à être enfermé pour l'éternité.

Avoir la connaissance absolue et finir ainsi...

C'était avec cet état d'esprit que je m'étais rendormi.

Après tout, il était inutile de lutter dans de telles conditions.

J'avais été réveillé, par des bruits de pas et la lointaine lueur du jour.

Les pas s'étaient rapprochés.

La lumière violente du soleil m'avait aveuglé.

Mes yeux avaient pris du temps avant de pouvoir distinguer les choses, autour de moi.

Je découvrais une gamelle d'eau, du foin à la camomille et

des croquettes pour lapin.

J'étais en train de boire lorsque j'avais entendu un bruit bien familier.

Mais, je préférais attendre avant de me prononcer.

De nouveau, des bruits de pas.

Je levais la tête...

Ma Grande Maîtresse se tenait au-dessus de moi.

Elle avait ouvert ma cage et attendait que je sorte pour pouvoir la nettoyer.

J'étais totalement perdu et restait prostré, abasourdi à la vue de tout ce qui m'entourait.

Ils m'avaient pourtant dit qu'il m'était impossible de revenir ici-bas...

Malaki avait dû plaider ma cause... Ou L'abeille, peut-être.

Je ne comprenais pas.

Face à mon inaction, ma Grande Maîtresse s'impatientait.

Elle avait ouvert le dessus de la cage et m'avait doucement poussé vers l'extérieur.

Ma confusion avait, rapidement, laissé place à la joie.

Sentir, de nouveau, sa main contre moi, me faisait du bien.

Je me rendais compte de l'importance du contact affectif pour pouvoir vivre.

Là-haut ou ailleurs, je ne faisais que survivre. Je n'étais qu'une ombre.

Je quittais mes réflexions pour reprendre le cours de ma vie.

Coco s'était avancé vers moi, me gratifiant, à ma grande surprise, de "léchouilles" entre les oreilles. J'étais si heureux de le revoir.

Une fois la séance de câlins terminée, je m'étais mis sur mes pattes arrières pour pouvoir contempler ce monde qui m'avait tant manqué.

Loïs, ma petite Loïs, était là, veillant au grain car Athéna, comme dans mes souvenirs, restait à l'écart, attendant sûrement le bon moment pour me crever un œil.

Cette pensée m'avait fait réaliser que je voyais toujours parfaitement bien.

D'ailleurs, toutes mes douleurs avaient disparu.

J'apercevais Seya, au loin, toujours sur son bras de canapé, égal à lui-même : indifférent.

J'avais cherché Xéna du regard… en vain.

C'était la doyenne après moi, alors, peut-être… Finalement, je ne savais pas combien de temps je m'étais absenté…

Je me concentrais sur le moment présent.

J'étais heureux, j'avais retrouvé ma famille.

J'étais, néanmoins, surpris de pouvoir toujours gambader sans difficulté, sans douleur…

Soudain, je l'avais vue arriver ma princesse, mon tout, mon monde.

Mais, elle avait passé sa route sans m'accorder un regard.

C'était incompréhensible et humiliant.

Alors que je continuais à fixer Xéna, la Grande Maîtresse

m'avait soulevé.

Je m'étais attendu à voir l'homme aux quatre-vingt dix huit pour cent à ses côtés mais aucune phéromone d'odeur de mâle humain ne flottait dans l'air.

Finalement, je n'étais plus très sûr d'avoir validé mon scénario.

La Grande Maîtresse m'avait mis face au miroir et j'étais resté ahuri devant mon reflet...

Ce n'était pas le mien mais celui...d'Ulysse !

Dieu m'avait renvoyé dans mon foyer, sous les traits du petit dernier.

Quelle idée lumineuse j'avais eu d'effectuer un test avec un lapin !

Ainsi, je comprenais la disparition de mes douleurs, cette vision parfaite et surtout, l'indifférence de Xéna.

Quelque part, j'en étais satisfait. Ulysse n'avait pas pris ma place.

À peine, ma Grande Maîtresse m'avait-elle reposé au sol que j'avais rejoint Xéna, sur le balcon.

Allongée de tout son long, elle m'avait toisé et était montée sur la table de jardin, en un bond pour m'éviter.

Sur mes pattes arrières, je l'avais appelée, sans émettre un son audible pour l'homme, en lui expliquant que j'étais là pour ma famille, mais avant tout pour elle.

Prononcer son nom m'avait rendu plus vivant que jamais. J'étais là, aujourd'hui, moi, qui était, hier, un Exécutant de

Dieu.

Je repensais aux mots que j'avais prononcés lorsque Xéna m'avait demandé de faire partie de leur congrégation.

« Jamais le petit être que je suis, n'aurait imaginé avoir une telle vie. »

J'avais réussi à convaincre Xéna.

Elle était descendue à terre, près de moi.

Elle m'avait regardé droit dans les yeux, comme pour m'intimider, me demandant si c'était bien moi.

Je n'avais pas répondu. Je m'étais jeté sur le flanc pour me prélasser.

Elle avait hoché la tête comme elle avait l'habitude de faire lorsqu'elle comprenait les choses.

Elle s'était, alors, allongée à côté de moi, posant sa patte sur la mienne.

J'appréciais de re-découvrir les jardins environnants sous ce ciel bleu parsemé de volutes grises et blanches.

Et par moment, je regardais Xéna, belle et fière.

Nous étions comme seuls au monde.

XVIII

Je m'appelle Albator.

Je suis un lapin, fou d'amour pour Xéna, une princesse féline aux yeux dorés.

J'étais tellement reconnaissant envers Dieu pour ce destin si merveilleux qu'Il m'avait offert, et aujourd'hui, je pouvais le dire: aussi imparfait que puisse être ce monde, quelle belle vie j'avais eue.

Je savais que ce répit qu'on m'avait accordé allait être de courte durée et l'énigme de l'œuf et de la poule, peu aisée à résoudre, mais ce séjour parmi les miens me réchauffait le cœur.

Dieu était très malin : Il savait motiver ses troupes, de manière inattendue.

Ma Grande Maîtresse avait mis un morceau de musique qu'elle affectionnait et qui se prêtait à merveille à la situation. Je l'entendais fredonner "I knew you were waiting for me".

J'observais Xéna, à son insu, écoutant les paroles.

Elle était mon soleil, mon étoile et elle était là, près de moi.

J'aurais défié quiconque pour elle.

[...]When the river was deep I didn't falter
Quand la rivière était profonde, je n'ai pas faibli
When the mountain was high I still believed
Quand la montagne était haute, j'ai continué à y croire
When the valley was low it didn't stop me, no no
Quand les vallées étaient profondes, je ne me suis pas arrêté, non non
I knew you were waiting.
Je savais que tu attendais
I knew you were waiting for me
Je savais que tu m'attendais [...]
(George Michael et Aretha Franklin, "I knew you were waiting for me" 1987)

XIX

Je m'appelle Ulysse.
J'avais les pattes toutes engourdies.
Au loin, j'entendais la voix d'un homme qui chantait "We all are one". Je n'avais aucune difficulté à en comprendre le sens.

We all are one, we are the same person
Nous sommes tous un, nous sommes la même personne
I'll be you, you'll be me (Oh, yeah)
Je serais toi, tu seras moi (Oh, ouai)
We all are one, same universal world
Nous sommes tous un, même monde universel
I'll be you, you'll be me
Je serais toi, tu seras moi [...]
(Jimmy cliff, "We are all one", 2003)

Une vive lumière blanche m'avait brûlé les yeux. J'avais, alors, eu le réflexe de les refermer.
Sentant, à travers mes paupières, que la lumière était devenue moins forte, j'avais décidé de m'assurer de ce qui se passait réellement.
J'ouvrais, de nouveau, les yeux.
Un grand couloir étroit faiblement éclairé se tenait devant moi mais aussi, derrière moi.

Je ne savais pas quelle direction prendre car il ne semblait pas y avoir d'issue.

Je décidais, donc, d'aller droit devant moi.

Etrangement, les mots qui me venaient à l'esprit ne semblaient pas être les miens.

Ma manière de bouger était différente.

En jetant un coup d'œil à mes pattes, je découvrais qu'elles étaient blanches, toutes blanches…

Je ne comprenais rien de ce qui m'arrivait…

Quel était cet endroit ?...

Au loin, la mélodie tournait en boucle "We all are one" ("Nous sommes tous un")...

Ici-bas avec l'auteur

J'espère que vous avez apprécié ces moments avec Albator. Une suite est à venir...
Afin de retrouver l'atmosphère du livre au quotidien, voici trois concepts qui apportent du bien-être aussi bien à nous-mêmes qu'aux autres et qui font que vous avez votre conscience pour vous.

La bienveillance, c'est faire preuve de bonté, d'empathie envers une personne connue ou inconnue en prenant en considération sa dimension physique, psychologique et sociale dans un contexte de besoin. Être bienveillant signifie ne pas être en situation de pouvoir et chercher à maintenir une situation symétrique avec l'autre, c'est à dire garder l'autre au même niveau et ne pas mettre en place, une relation dominant/dominé.

L'empathie, c'est se mettre à la place de l'autre et comprendre ce qu'il peut ressentir dans une situation donnée. Cela implique, également, de considérer l'autre dans toute sa dimension sociale, psychologique et physique.

La congruence, c'est être en accord avec soi-même et ses principes moraux, dans ses actions. Agir avec congruence, c'est choisir une ligne de conduite que l'on sera à même de défendre puisqu'on agit en fonction de ses certitudes et convictions.

De mon expérience personnelle, ce sont trois concepts qui vous apportent sérénité et plénitude.

J'ai d'ailleurs écrit ce livre en essayant de les susciter.

Je ne me dis pas que mon ouvrage va changer le monde, même si j'aspire à améliorer les conditions de vie des animaux, néanmoins je souhaite à tout lecteur de connaître le bonheur et l'amour que m'apportent tous mes petits compagnons.

Les bêtises qu'ils peuvent faire sont autant d'anecdotes qui ont ensoleillé ma vie. J'aime les raconter et chacune d'elles m'a permis de mieux les connaître.

Si parmi vous, il y a des adeptes de la maniaquerie, il est peut-être sage de vous abstenir d'adopter un lapin et même un animal...

Les éventuels accidents des premiers jours mettront vos nerfs à rude épreuve.

Pour exemple : dans les heures qui ont suivi son arrivée, Ulysse a mangé les fils de la box et quelques mois plus tard, le fil de l'imprimante.

Aujourd'hui, il prend encore mes plinthes pour des friandises et je continue à nettoyer ses petits pipis et à ramasser ses nombreuses crottes. Albator, lui, n'a jamais fait de telles bêtises.

Les lapins ont, donc, chacun leur personnalité.

Mais si vous êtes patient et responsable, tentez l'aventure. Vous ferez des heureux.

"*[...] les élevages professionnels de lapin dits "de compagnie" peuvent être faits d'horribles cages, tout comme ceux pour la viande. Alors, avant toute envie d'acheter un lapin dans le commerce, avant toute entrée dans une animalerie, contactez plutôt une association pour envisager une adoption [...]*

L'enfer ou le confort selon le hasard de leur naissance. Pensons à ces prisons infernales. Ne serait-il pas temps d'évoluer dans notre relation avec les lapins, comme avec les animaux en général? Quand on sait la souffrance que ceci génère, est-il utile de manger des lapins, d'en faire des vêtements, de tester sur eux des cosmétiques et d'en lâcher dans la nature pour les chasser au fusil?

Bon nombre d'humains refusent déjà cette souffrance et nouent des relations plus respectueuses avec les lapins domestiques. Devenus compagnons, les lapins herbivores nous ouvrent les portes du monde végétal. Face aux enjeux d'une transition naissante vers la végétalisation de notre alimentation et donc de la production agricole, peut-être nous aideront-ils à évoluer? Au fond, il n'est pas impossible que vivre avec des lapins nous rende un petit peu meilleurs."

Pierre Rigaud, page 93-94 "Étonnants lapins" Ed.Delachaux et Niestlé

Bibliographie et Références

Références religieuses
Partie I
- Chapitre XVI : Coran, Sourate 6, Les Bestiaux, Verset 61 + note 2 / Sourate 82, La Rupture, verset 10-12

Références musicales :
Partie I
- Chapitre II : Jimmy Cliff "Many rivers to cross" 1969, Album "Jimmy Cliff" label Trojan records
  Paroles et traduction Jimmy Cliff : Many Rivers To Cross - paroles de chanson (lacoccinelle.net)
- Chapitre XXI : Queen "Show must go on" 1991, Album "Innuendo", label EMI Parlophone

Partie II
- Chapitre I : Eurythmics "there must be an Angel playing with my heart", 1985, Album "Be yourself tonight"
  Paroles et traduction Eurythmics : There Must Be An Angel (playing With My Heart) - paroles de chanson (lacoccinelle.net)

- Chapitre VI : Stevie Wonder "Ribbon in the sky", 1982, Album "Stevie Wonder's Original Musiquarium 1" label Tamla
  Paroles et traduction Stevie Wonder : Ribbon In The Sky - paroles de chanson (lacoccinelle.net)
- Chapitre VI : Jimmy Cliff "Many rivers to cross" 1969, Album "Jimmy Cliff" label Trojan records
  Paroles et traduction Jimmy Cliff : Many Rivers To Cross - paroles de chanson (lacoccinelle.net)
- Chapitre IX : Chantal Goya "Un lapin", 1977, Album "Voulez-vous danser grand-mère ?" label Sterne
  Un Lapin paroles - Chantal Goya | Paroles-musique.com
- Chapitre XII : Gloria Gaynor "Can't take my eyes off you" 1998, Album "What a life"
  Paroles et traduction Gloria Gaynor : Can't Take My Eyes Off Of You - paroles de chanson (lacoccinelle.net)
- Chapitre XI : Bill Withers "Lovely day" 1977, Album "Menagerie" label Columbia
  Paroles et traduction Bill Withers : Lovely Day - paroles de chanson (lacoccinelle.net)
- Chapitre XIV : Aretha Franklin et Georges Michael "I knew you were waiting for me" 1987, Album "Aretha" label Arista
  Paroles et traduction George Michael : I Knew You

Were Waiting (For Me) (Ft. Aretha Franklin) - paroles de chanson (lacoccinelle.net)
- Chapitre XIV Jimmy Cliff "We all are one" 2003, Album "Sunshine in the music"
Paroles et traduction Jimmy Cliff : We All Are One - paroles de chanson (lacoccinelle.net)

Références littéraires

Partie I

- Chapitre XVI : Coran, Sourate 6, Les Bestiaux, Verset 61 + note 2 / Sourate 82, La Rupture, verset 10-12.

Partie II

- Chapitre I : Nathalie Semenuik, "Chat noir" Éditions Rustica, page 63
- Chapitre IV : "La pollution : Comment remédier aux limites du marché ?" Page 96 du manuel de Seconde "Sciences économiques et sociales" Collection C.-D. Echaudemaison Edition Nathan
- Chapitre VI : Marie Souton, "Albator ou la vie à tout prix..." Edition Librinova. Mars 2020 Page 102, 103, 104
- Chapitre IX : Truman capote, "Cercueils sur mesure" Edition Folio. Citations de Mark Twain Page 30

- Chapitre IX : "Même la plus petite personne peut changer le cours de l'avenir..." Le seigneur des anneaux, Tome 1, La communauté de l'anneau J. R. R. Tolkien
- Chapitre X : "Un ours blanc à la mer" de Defossez et Mense, Edition Flammarion 2009/2010
- Chapitre XII : "Albator ou la vie à tout prix", Marie Souton, 2020 Page 133, 134
- Ici-bas avec l'auteur : "Étonnants lapins" de Pierre Rigaud, page 93-94 Ed.Delachaux et Niestlé

<u>Références Internet</u>

Partie II

- ChapitreVIII : https://dictionnaire.orthodidacte.com/article/definition-odyssee
- Chapitre XI : "Un défenseur des animaux découvre un renard mort sur sa voiture". 03/06/2020 Huffington Post. Manon Beckmann.

<u>Références télévisuelles</u>

Partie I

- Chapitre XIX : "La Vie secrète des chats", émission française de télévision, diffusée depuis le 20 août 2017 sur TF1, présentée par trois experts: Laetitia Barlerin, Jessica Serra et Thierry Bedossa et narrée par Valérie Damidot.

Partie II

- Chapitre IV : "Réunion, l'île aux miels" Reportage de Fanny Pernoud, Olivier Bonnet
- Chapitre IV : "Maya l'abeille" personnage littéraire de Waldemar Bonsels
- Chapitre IX : "La petite maison dans la prairie", Les loups; Saison 4 épisode 5
- Chapitre IX : "Columbo", Jeux de mots, Saison 7, épisode 4
- Chapitre X : "Blanc comme neige" dans la collection "Monde cruel", Série télévisée documentaire

Références cinématographiques

Partie II

- Chapitre X : "Albator, corsaire de l'espace" Film d'animation 2013, réalisé par Shinji Aramaki

Remerciements

A ma fille pour tous ses conseils avisés et son pragmatisme,

A ma famille pour leurs encouragements,

A mes parents car sans eux, cette aventure n'aurait pu se faire,

A ma sœur pour son écoute et sa présence,

A Pamela Sauvagnat, Sandra Paris pour leur investissement,

A Fanny Géraldès, Elisabet Guillot pour leur soutien,

A Mme Monsoreau qui sera toujours dans mon cœur,

A Hélène et Ginou pour leur amitié,

A mes chats et mes lapins, mes petits bouts

Et à tous mes lecteurs.

Vous pouvez me suivre sur Instagram

et sur mon site internet, https://marie-souton-auteur.com

Marie Souton Auteur

https://marie-souton-auteur.com/

A bientôt !